若さま左門捕物帳
鬼の剣

聖　龍人

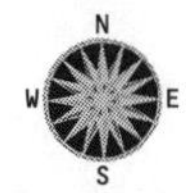

コスミック・時代文庫

この作品はコスミック文庫のために書下ろされました。

目次

第一話　双子兄弟……………………5
第二話　邪剣の恋……………………115
第三話　鬼の剣………………………219

第一話　双子兄弟

一

文化十一年春。

江戸の大川の水面に、紅蓮（ぐれん）の火が映っている。

辰の下刻、花川戸（はなかわど）の商家から火が出て、周辺のしもた屋や長屋の一角が燃えているのだ。

その火花が風に飛ばされ、寺や武家屋敷は、あまり役に立たない竜吐水（りゅうどすい）などを持ちだして、延焼を食い止めようと必死であった。

しかし、ここ神保小路（じんぼうこうじ）の早乙女（さおとめ）家では、花川戸近辺の騒ぎなど知りはしない。

当主は、早乙女（さおとめ）佐衛門寿明（さえもんとしあき）といって、三千五百石の名門ご大身である。

今年四十五歳。働き盛りでもあり書院番、番頭（ばんがしら）という重職を担っていた。先祖は、関ケ原の戦いで大久保彦左衛門と一番槍を争ったという逸話が残っている。

だが、

「そんな話はあちこちに転がっておるから、真の話かどうかはわからぬ。もともと我が早乙女家は、家康さまの馬廻り役を任じていた名門。一番槍などとは、縁がない」

と佐衛門は笑い飛ばしているから、後日のこじつけであろう。馬廻り役は近習として将軍の警護につくため、早乙女家には、たしかに一番槍とは縁がない。

そんな名門旗本、早乙女家には、今年二十一歳になる双子の兄弟がいた。

兄は、早乙女左門、弟が早乙女右門。

双子だけあり、顔つきはそっくりではあるが、性格は正反対であった。

弟は真面目ひとすじ、毎夜四書五経を音読し、算盤も上手。およそなにをやらせてもそつなくこなし、几帳面を絵に描いたような男だ。

一方の兄は、小袖をたたんでも、あちこちずれているし、文字を書かせても金釘流。おまけに行動も気まぐれ。どちらかといえば、ぐうたらな性格。

さらに、近所の剣術道場へ兄弟一緒に通っているのだが、試合をすると勝つのは、いつも弟。

愚兄賢弟（ぐけいけんてい）という言葉があるが、この左門と右門は、まさにその言葉どおりの兄弟だと、もっぱらの評判なのである。

そのような噂を耳にしたら、兄としてはいやな思いをするはずだが、この兄の左門、まわりの思惑などいっこうに気にせず、

「おれは愚兄でも、ひと味違う愚兄だぞ」

などと楽しんでいるふしがあった。といって、我が身を貶（おとし）めているふうでもない。自虐で己を傷つけているふうでもない。心底、楽しんでいるのである。

あるとき、右門が、どこがひと味違うのかと兄に問うたときがある。

「それは、ここだ」

と左門は心の臓あたりを叩いた。

「どうして、そこが違うんですか」

さらに右門が、首を傾げながら問うと、

「ふふ。心の臓に毛が生えているからな。しかし、それもそんじょそこらにある毛ではない。日ノ本一美しい毛だぞ」

ふふん、とほくそ笑んだ兄の表情を見た右門は、

「私たちは双子です。それなら私にも、日ノ本一の毛が生えていますね」

いひひ、とわざと下卑た笑いを見せた。その返答に悔しがるかと思ったのだが、左門は同じように、いひひ、と笑って、

「そこまで気がつかなかったなぁ。不覚、不覚、本当に不覚であった」

と、大笑いを見せたのである。そのいかにも屈託のない言動を受けて、弟の右門は苦笑する。

「……たしかに兄上は、私とは違う毛が生えているのかもしれません」

「お、そうか、それは重畳。終わりよければ、すべてよしであるな」

意味がわかりません、という右門を凝視すると、またしても、がははは、と大笑いを見せる左門であった。

早乙女家のある裏神保小路から、一丁離れた今川町に行くと、春川久友の屋敷がある。当家も三千二百石の御大身で、祐筆頭を務めており、そのためか、今年十八歳になるひとり娘、喜多姫もすこぶる字がうまい。

左門、右門、そして喜多姫の三人は幼馴染みであり、なんと右門と喜多姫は、許嫁の間柄なのであった。

といっても、幼きころに左門より字がきれいな右門を見て、

「大きくなったら、右門のお嫁さんになる」

と喜多が宣言したからだ。長じてもその気持ちに変化はなく、両家ともなんとなく許嫁として認める格好が続いていた。

まわりは、兄である左門がそんなふたりをどんな気持ちで見ているのか、気になっていたようだが、当の本人はまったく意に介さない。

転んだり、剣術の稽古で怪我をしたときなど、右門を先に助けようとする喜多を見ても、左門は、知らぬふりを決めこんでいる。

「本音は、嫉妬の気持ちがあるのではないのか」

あるとき、左門の父、佐衛門は気を揉んだ。

しかし、見続けていると、まったくいじけている雰囲気もなければ、愚痴や悪口もない。そんな左門の態度を見て、思わず佐衛門は近習につぶやいた。

「あれは……馬鹿か、それとも才人のどちらかだな」

近習のひとりが応じた。

「おふたりとも才人ではありますが、おそらく左門さまのほうが、その手の話は奥手かと」

「ほほう、奥手か、なるほど。それは言いえて妙であるな。しかし、その奥手が本性をあらわし、先行者に追いついたときにはどうなる」

「そのころには、左門さまにも心安くする、おなごが現れていることでしょう」

「ほう、なるほど」

佐衛門は、その近習に目を移す。

「……はて、そちの名前はなんであったか」

「は、飯倉欣也(いいくらきんや)と申します。今日より、殿さまお付きとなりました」

「そうであったか。今後も、私ともども左門、右門を頼むぞ」

承知、と欣也はていねいに頭をさげた。

その姿を見て、佐衛門はかすかに目を細める。

「どこぞで見た顔のような気がするのは、気のせいであろうか」

「尊顔を拝しましたのは、今日が初めてでございます」

目を伏せた欣也を、佐衛門はなおもじっと見つめていたが、

「そうかもしれぬな。わしの勘違いであろう」

欣也は、なにもいわずに深く頭を垂れた……。

二

千代田のお城を背にして、一橋から雉子橋に向かう。そこから斜めに入った二本目の通りが神保小路で、表と裏があった。

早乙女家があるのは、裏神保小路である。

あたりは武家屋敷が立ち並んでいるが、そのなかでも三千五百石の早乙女屋敷は、ひときわ目立っている。

裏神保小路から東に進むと、神田川にあたる。

三月の三日、屋敷を出た左門は、柳原土手を両国方面に向かった。

八辻ヶ原を過ぎたところで、須田町、鍋町と進んで左に折れ、小柳町に出ると、顔見知りの番太郎をからかってから、長屋に足を踏み入れた。

そこには、甚五の住まいがある。

甚五との出会いは、強烈であった。

ふた月ほど前……。

大川から渡る風が、どことなく春を感じさせる日であった。

左門は剣術道場に行かず、鎌倉河岸(かまくらがし)から日本橋にふらふらと向かっていた。右門は、真面目に剣術の稽古に行っている。

ふたりが通う道場は九段下にあり、道場主は南條夕剣(なんじょうゆうけん)。神道無念流を教えていた。

以前は、九州にあるどこぞの藩の剣術指南役だったらしいが、本人はくわしく語らない。

なにやら不始末を犯したため江戸に流れてきたのではないか……などとも噂されているが、

「もしそうだとしても、詰腹(つめばら)を切らされたのだ」

と、父の佐衛門は噂を一蹴し、双子兄弟を通わせているのだった。

夕剣と佐衛門は、昔馴染みのような雰囲気を醸しだしている。だが、父に問うてみても、ふふふ、と意味ありげな笑みを浮かべるだけである。

「噂など気にするな。あの者は、ひとかどの人物であるからな」

そういって、周囲の疑念を吹き飛ばしたのであった。

近頃、右門はよりいっそう熱心に道場通いを続けていた。

というのも近々、南條道場内で、剣術大会が開かれるからであった。

そんな大事な時期だというのに、兄の左門のほうは、

「稽古をしてもしなくても、地力を出せば勝てる」

などとうそぶく始末。まったくもって焦る様子もなく、こうして十軒店界隈を
ふらふら歩いているのであった。

左門は、歩きながらつぶやいた。

「ひまだなぁ……」

それが口癖なのである。

この言葉が出ると、台所から賄方の女中の、

「あぁ、また左門若さまの気まぐれがはじまりましたよ」

ひそひそ話の声が漏れてくる。

「弟の右門さまは大会を目指して、稽古に励んでいらっしゃるのにねぇ」

「でも最後は、おふたりの決戦になるのでしょう」

「ええ、そしていつも、右門さまが勝つの」

「それでは、兄の左門さまはおもしろくないでしょうねぇ」

「まさか、左門さまは、そんなことはまったく気にしていませんよ」

「不思議な若さまですねぇ」

「でも、私はやはり、生真面目な右門さまが好きです」

「あら、私は、何事にも屈託のない左門さまが……」

女中同士の間でも、左門派と右門派が生まれているのである。

そんなまわりの思惑などどこ吹く風と、左門は人形店の並ぶ十軒店まで進んでいた。

「強盗が逃げるとこにでも、ぶちあたらぬかなぁ」

物騒な言葉を吐きながら、左門は日本橋に向かって進んでいく。

日本橋が近づくと、旅姿が多く目に入ってきた。

長旅で疲労困憊の者。初めて見るのだろう、江戸の町並みに目を見張る者。

これからひと旗あげようと、気持ちを高ぶらせている者。

いろんな顔が見えてくる。

「ふむ……これだから日本橋はおもしろい」

ぶつぶついいながら、左門は日本橋の高札場前を通りすぎ、駿河町（するがちょう）の交差路を前にして、足を止めた。

「おやぁ、あれは……」

前かがみ姿で小走りをしている男に目を向け、

「はて、面妖な……」

左門が首を傾げたのは、その男の腰構えであった。

「あれは、岡っ引きかそれとも……」

盗人か、といおうとして、口を閉じる。

いまは、午の刻を半刻過ぎたばかり。こんな刻限に、盗みを働くとも考えにくい。

「としたら……あの男はなにを狙っているのか」

まるで地面を滑るような足さばきは、そのへんにいる遊び人とは、様子が異なっている。さらに、目配りは兎を狙う鷹のようだ。

そのような怪しげな雰囲気を醸しだしているのだが、それは剣術に長けた左門だからこそ見破ったのであろう。周囲を歩く侍たちは、男と肩がぶつかりそうになってもまったく気にせず、そのまま通りすぎる。

「ひまでしかたなかったが、退屈の虫がおさまりそうだぞ」

眉を蠢(うごめ)かせながら左門はつぶやくと、男を尾行することにした。

中肉中背である。背格好からは目につく特徴はないが、鷲鼻と締まった口元があふれる自信を感じさせた。

「あれが盗人だとしたら、そうとうな腕こきであるなぁ。それとも……」

にやにやしながら左門はつぶやくと、

「御用聞きにしては、顔に崩れたところがない」

懐手(ふところで)になり、ぶらぶらと尾行を続ける。江戸の御用聞きのほとんどは、もとは犯罪に手を染めた者たちや、やくざ、地まわりなどだ。

したがって、御用聞きを毛嫌いしてる町民も少なくない。

左門は、男の歩き姿をもう一度、観察する。

縞柄の小袖に、紫根の羽織。

それだけを見ると、どこぞのお店者のようにも感じられる。しかし、手ぶらだ。

お店者が用事で外に出かけるのであれば、たいてい風呂敷包みなどを抱えているものだ。

あるいは、大福帳をさげながら歩いている者もいるが、それも見られない。

——やはり怪しいぞ……。

左門は、にやつきながら男のあとをついていく。

といって、隠れる様子はない。

ついには、堂々と並んで歩きだした。

「よう」

まるで近所付き合いでもしているような顔で、声をかける。

「へい」

男は驚きもせずに、声だけで応じる。

「おまえ、盗人か」

「へい」

「ほう」

「旦那……」

「なんだ」

「からかっているんですかい」

「盗人はからかわれるのが嫌いか」

「……町方には見えませんが」

「町方は嫌いだ。やつらは偉そうだし、生意気だからな」

「なるほど、では、あっしたちとご同業といってもおかしくありませんぜ」

「まさか。こう見えても……」

「おっと、そこまでにしておきましょう。いきなり隣を歩きだして、おまえは盗人か、などと聞いてくるようなお侍に、ろくな人はおりません」

「なるほど」

「そんな人とお知りあいになるほど、あっしは、ひまをもてあましているわけではありませんから。どうぞ、お先へ」

「つまらんな」

「……なにがです」

「せっかく盗人と仲良くなれる機会だというのに、つれないではないか」

男は足を止めて、じろじろと左門を見つめる。

「……裏柳色に桜の小紋。二本差しではなく一本差し。刀のとなりに、扇子を差して着流し姿。旦那は、おそらくひま人だ」

「ほほう。着ているもので、そんなことがわかるのか」

「案外と旦那も騙されやすい。あっしなんざに声をかけてくるんだから、そもそもひま人でしょう」

「なるほど、これはおもしろい。たしかに、おぬしはひまつぶしにはもってこいの男だな」

「では」

　いきなり男は頭をさげると、歩速をあげた。

「待て待て、ひまつぶしが逃げてどうする」

「ひまなのは、旦那だけです。あっしは忙しいんでね」

「どこに行くのだ」

「あっしは盗人ですぜ」

「なるほど、種を明かすわけにはいかぬのだな」

「そこまでご承知いただけるなら、ここで」

　失礼します、といおうとしたそのとき、

「えい」

　いきなり左門が声をかけた。刀を抜いたわけではない。掛け声だけである。

「おっと……」

　男が振り返りざま、二間ほど先に飛んでいたのである。

「旦那、悪ふざけもたいがいにしていただきてぇ」

「おまえの住まいはどこだ」

「………」

　これが、左門と甚五の奇妙な出会いであった。

　左門が声をかける。

　木戸をくぐり、長屋に入ってどぶ板を渡り、右の三軒目。そこが、甚五の住まいであった。

「いるかい」

　裏長屋ではあるが、九尺二間の棟割りではない。二階もついてる長屋である。

　障子戸の奥から、どうぞ、という声が聞こえた。

　左門が戸を開いて土間にあがると、甚五が座っていた。

「今日も、また退屈の虫が騒ぎだしたんですかい」

「そのようだ」

　甚五は、それまで座っていた長火鉢の場を、左門に明け渡した。

「来る途中、出会ったときのことを思いだしていたぞ」

「ははぁ……突然、おまえは盗人か、と問われたときですね」

「おもしろかったなぁ」

「あっしは、肝を冷やしましたぜ。いきなり、えい、と声をかけられて、斬られるのかと思いましたからね」

　ふふふと口元をゆるめながら、左門は長火鉢の前にあぐらをかいた。

「おまえの身が軽そうだったから、試したまでのこと」

「でも、そのあと、旦那はいきなり叫ばれたでしょう。私は早乙女左門、耳をかっぽじって覚えておけ、などと、往来の真ん中でね。恥ずかしいやら怖いやら、この人は大芝居の役者でも目指しているのか、と思いました」

「あのときは、すこぶるいい気持ちであった」

「まったく、旦那は」

「なんだというのだ」

「双子というのに、右門さまとはえらい違いです」

「それも楽しいではないか。同じ顔で性格まで同じでは、区別がつかずまわりが苦労するぞ」

「ははぁ、たしかにそうかもしれません。しかし、右門さまは私のことを、どうもお嫌いらしい」

「あぁ、盗人を好きな者は、そうそうおらんからな」

「では、旦那は変人というわけですね」

「そうではない」

「変人ではなければ、なんです」

「なに、ただのひま人よ」

「ははぁ……そんなもんですかねぇ」

「そんなものなのだ」

「意味がわからねぇが、まぁ、いいでしょう」

「ところで、なにか退屈の虫がおさまるような話はないか」

甚五は、そうですねぇ、と思案顔を見せる。

「おもしろいかどうかはわかりませんが、数日前、花川戸で火事がありました。ご存じですかい」

「あぁ、聞いたことはあるが、くわしくは知らんな」

「その火事が、なにやらおかしな話になっているようです」

「ほう、火事場泥棒は、おまえの仕業であったとでも」

「違いまさぁ」

「ならば、まさかおまえの付け火か」

「違いますって。あっしはまったく、かかわっておりません」

「それは残念。もしそうなら捕縛して、右門が懇意にしている与力に突きだしてやるところだった。それなりの小遣いが手に入ったのにのぉ」

　右門が懇意にしている与力は、名を徳俵成二郎という。

　六尺近くの背丈で、相撲取りと間違うほどの体格である。その大きさを恥じているのか、成二郎はいつも身を縮めて歩く癖があった。

「あぁ、先祖は相撲取りだろう、と左門さまがからかっている与力ですね」

「徳俵だからなぁ。おそらく、たいして強くなかったに違いない。まさか、野見宿禰の末裔でもあるまい」

　甚五が首を傾げると、

「野見宿禰は、神話に出てくる相撲取りのいわば先駆けさ。まぁ、神話なんぞどこまで真実かわからぬから、昔話として聞いておいたほうがいいのだがな」

　そこまでいうと、左門はごろりと横になって、

「その火事がどうなったのだ」

と、先をうながす。

　へい、と答えた甚五は話を進めた。

「火事が起きたのは、こんな経緯だったらしいです」

焼けたのは、花川戸にある両替商、伊勢友の離れであった。

伊勢友にはひとり娘がいるがまだ赤子で、子守りとして、若い娘を雇っていたという。

その日、主人の友三郎は、内儀のお梶と一緒に、宮地芝居見物に出かけていた。そして、芝居見物から帰ってきたときには、すでに火の手があがっていた。

「空から火の玉でも落ちてきて、火事になったか」

「落ちてきません。どうやら、誰かが火付けをしたのではないかと思われているようです」

「だとしたら、その子守りが疑われているのか」

「ええ、まぁ、疑われてはいるようですが、おかしな話ってのは、そこじゃねぇんで」

「ふむ、どういうことだ」

「なんでも、燃えちまった離れにひとり娘の赤子がいたらしいんですが、焼け跡からは亡骸も出てこない。そもそも、火の手があがったときに、使用人のひとりが決死の覚悟で飛びこんだらしいんですが、部屋のなかはもぬけの殻だったと」

「ほう、まぁ、不幸中の幸いとでもいうべきか。火事が起きる前に、赤子は消えていたというわけか。その子守りはなんといっているのだ」

「さぁ……あっしが聞いたのは、そこまでですから、なんともいえませんや」

「よし」

　掛け声とともに、左門は立ちあがる。

「どうするんです」

「ひまをもてあましているんだ。こんないい機会はあるまい」

「火付け探しをするんですかい」

「そういうことだな。まぁ、もしかすると、火の不始末などという事故かもしれんがな。ようするに、どういうことが起きたのか知りたいのだ」

「町方は嫌いだ、といいませんでしたかねぇ」

「たしかに町方は嫌いだが、悪人はもっと嫌いだ」

「……あっしも盗人ですが」

「ふん、本当は違うんだろう。盗人といわれて楽しんでいるように見えるぞ」

「ははぁ……」

　甚五は意味深な笑みを見せてから、

「では、あっしもお供しましょう」

「よし、ふたりで火の玉探しをしよう」

にんまりした左門に、甚五は苦笑しながら頭をさげた。

三

しんとした道場の中央に立っているのは、右門である。

木刀を正眼に構えて微動だにしない。

その物腰は、どんな相手でも負けはしないという自信にあふれている。

相対しているのは、道場でも左門、右門に次ぐ腕前の永山景之進(ながやまけいのしん)。小普請組(こぶしんぐみ)の父親を持つ、部屋住みの男である。

南條道場の三羽烏のひとりであり、とりわけ右門とは常に腕を競いあっている好敵手である。

そんなふたりがいま、道場で対峙している。

門弟たちが見守るなかでの、稽古試合なのだ。

半刻前、道場主の夕剣から、

「どうだ、大会の前にふたりで手合わせをしてみたら」

と誘われ、先に乗ったのが景之進であった。

右門としても、否はない。

「大会までは、あと十日だ。お互い、相手の手のうちをいまから見せては損をするぞ」

そんな師匠の言葉に、右門と景之進はうなずきながらも、

「隠し手などはありませんよ」

右門は真面目に答えたが、それに反して景之進は、曖昧な笑みを浮かべるだけだった。

「ただただ剣の腕を磨き、それを高みへとあげていく。それが、剣客というものです」

右門の答えに、夕剣も満足そうにうなずいている。

すると、景之進がとんでもないことをいいだした。

「どうだ、右門、今回の戦いになにか賭けぬか」

「賭け……というと」

「といって、金を賭けるわけにもいかぬだろう。ならばどうだ。私が勝ったら、おぬしは喜多姫を諦めるというのは」

「それは、許嫁という間柄を解消せよ、ということですか」

「ひとことでいえば、そういう意味になるな」

「馬鹿なことを。勝負に人を賭けるなど、もってのほかです」

「勝つ自信がないのだな」

「まさか、そんな話ではありませんよ」

「わかった、ならば変えよう」

景之進は、夕剣に目を送る。

「じつのところ、右門の許嫁殿には興味はないのです」

「では、なにゆえ、そのような無体な話を持ちだした」

「勝ったら、お明さまとの祝言を認めていただく、というのはいかがですか」

「なんだと……」

明は、夕剣の娘である。

「馬鹿なことをいうでない。そもそも、剣の試合で賭け事なぞするな。私が許さんぞ」

「そうですか、わかりました……昨年は左門に負けて、今年は右門に負けたのでは、面目が立たぬのですが。まぁ、いずれにしても、私が勝つのは間違いない。

昨年の私とは違うのだ」

　道場に師範代はいない。

　師範の夕剣が留守にしているときは、左門、右門、景之進、三人のうちのいずれかが指導をする。

「お明さまもいただけないのなら、私を正式な師範代にしてもらえませぬか」

　景之進の要求に、夕剣は返事をせずに、

「まずは目の前の、この稽古試合に目を向けよ」

　苛立ちを隠しながら、はじめ、と声をあげたのであった。

　右門は、さきほどの景之進の言葉を考えてはいかぬ、と心のうちでささやきながらも、穏やかではない。

　――なにゆえ景之進は、喜多姫との許嫁の解消などと、そんな問題を投げかけてきたのか……。

　つい、考えてしまう。

　瞬間、構えに隙が生まれた。それを景之進が見逃すはずはない。

「きえ」

　怪鳥のような声をあげ、景之進は上段の構えから、木刀の先端を振りおろす。

びゅんと風を切る音がして、木剣が右門の肩に打ち据えられようとしていた。

跳ね返す間はない、と右門は一瞬で判断した。

上半身をかすかに後ろに反らせながら、とんと床を鳴らして後退する。

「まだまだ」

「……さすがだな、右門」

「おぬしの太刀筋も鋭かった」

そういいながらも、右門は気がついている。

景之進は、確実に右門の肩の骨を砕こうとしていたのである。

昨年とは異なり、なにやら邪剣の様相に変化が見てとれて、右門はいやな気持ちになっていた。

と、夕剣が持っていた鉄扇を前に突きだし、

「そこまで、もうよい。景之進、いまのはなんじゃ」

「……はて、なんじゃとは」

「稽古に、あのような殺気を発するとは何事かと問うておる」

「勝ちたい。それだけです」

木剣をその場に投げ捨てた景之進は、右門から離れ、さっさと道場からも抜け

だしていったのであった。

「以前は、あのような荒れた剣ではなかったのだが」

沈んだ声でいうと、夕剣は深いため息をついた。


右門が道場から出ると、こちらに向かう喜多の姿が見えた。

髪を彩る花簪がきらきらと春の光に反射して、まばゆいばかりである。

腕に包んだ三味線を抱えながら、右門を認めると手を振った。

小走りにやってきた喜多に、右門が問う。

「私を待っていたのですか」

「残念でした。三味線のお稽古の帰りです」

「それは残念」

「その顔は、あまり残念には見えませんね」

「まぁ、予想どおりの答えでしたからね」

「あら、そうでしたかしら」

そういいながら、喜多はきょろきょろと周囲を見まわす。

「兄なら、いませんよ」

「あら、またずる休みですか」

「また、例の盗人のところにでも行っているのでしょう」

「まったく、左門さんにはもっと真面目になってもらわないといけませんねぇ」

「そのうち変わる、と私は考えてますけどね」

「本当に変わるでしょうか」

首を傾げながらも、ふふ、と笑みを浮かべる喜多の目は、輝いている。

「おや、その目は、なにか楽しいことにでも遭遇したような」

「わかりますか。じつは、私、名取になれるかもしれません」

「それはそれは、じつに喜ばしいではありませんか」

「まだ、決まったわけではありませんからね。十日後に試験があるんですよ」

「おや、そちらも十日後ですか」

「そういえば、剣術の大会も十日後でしたねぇ」

「奇遇といえば奇遇」

「お互い、がんばりましょうね」

「私は負けません」

そういいながらも右門は、景之進の邪剣と、そのときの邪気を忘れることができずにいる。

「……道場でなにかありましたか」

「いえ、なにもありませんよ」

「私に嘘をついてはいけませんねぇ」

にこりとする喜多に、右門は苦笑しながら、

「喜多さんには勝てません。じつは」

景之進の一件を、喜多は眉をひそめながら聞いている。

会話が途切れたところに、六尺もあろうかと思える身体を縮こまらせながら、小者を連れて歩く黒羽織姿が目に入った。

「あれは、徳俵さんではありませんか」

先に気がついた喜多が、右門に問う。

「あの背中を丸くさせて歩く姿は、まさにそうですね」

「それにあの身体つきですから、見間違えるわけもありませんね」

徳俵成二郎は、早乙女屋敷に出入りをする南町吟味方与力である。

町方のなかには、ご大身など旗本屋敷内で起きる揉め事を内密に解決し、金銭を手にする者もいる。

しかし、成二郎はそんな町方たちとは一線を画し、佐衛門からも、あの与力は誠実な男だ、と認められるほどであった。

大きな身体を小さく見せようとする成二郎を見て、もっと堂々としていたらいいのに、と笑いあいながら、ふたりは与力のもとへ向かった。

「徳俵さんが出張っているということは……」

喜多が首を傾げると、

「なにやら、探索事が起きたようですねぇ」

右門が応じた。

「花川戸で両替商の家が火事に遭ったそうですが、その探索でしょうか」

「もし事件であれば、火付盗賊改(ひつけとうぞくあらため)との縄張り争いが起きそうですね」

右門が真面目に答えると、喜多は笑いながら、

「徳俵さんは、そんなことは気にしませんよ」

「そうですかねえ……もしかすると、風烈廻り(ふうれつまわ)の同心も出張ってくるかもしれない。そうなると、三つ巴の鍔迫り(つばぜ)あいが見られるかもしれません。徳俵さんも知らんふりはできないでしょうね」

にやりとした右門を見て、喜多は苦笑する。

「右門さんは、ときどき皮肉をいいますねぇ」

「兄の影響でしょう」

　そうかしら、と答えた喜多の目は笑っている。

四

「成二郎さん、見まわりですか。ご苦労さまです」

　小走りで駆け寄った喜多に声をかけられ、成二郎は背中をさらに丸める。

　本来、吟味方与力は、街に出て探索などはしない。しかし、成二郎は現場に出て、自分の目で殺しの下手人や盗人を探したい、と思っているらしい。

　同心は同行させずに、連れて歩くのは小者ひとりである。それも決まった者ではないから、まわりは小者たちの名前を覚える間もないのであった。

　成二郎はおずおずと笑みを浮かべ、右門と喜多を迎えた。小者は、数歩後ろにさがったままだ。

「成二郎さん、もっと自信ある格好をしたほうがいいのではありませんか」

　笑いながら、なおも喜多が声をかけると、

「いえいえ、私なんぞは小さくなったほうがいいのです」

「まさか、あなたは天下の吟味与力ではありませんか」

成二郎の胸三寸で、下手人の刑が決まるときもあるのだ。

嬉しそうに笑顔を見せる成二郎に、喜多は、もっと押しだしを強くすれば、出世するのにねぇ、と右門を見る。

「そうですねぇ。兄なら、与力は朝から女湯に入れるのだから、もっと楽しそうにしていろ、とでもいいそうですね」

与力は、女湯の朝風呂に入ることができるという特権があった。女の朝風呂は空いているからであって、一緒に入ろうという魂胆ではない。

しかし、左門ならばそこを揶揄するだろう、と右門はいうのである。

喜多は顔をしかめながら、

「まぁ、左門さんは、どんなことでも笑い飛ばしてしまいますから」

「ですが、じつは口ほどでもないのです。私だけが知ってます」

と、右門は生真面目な顔で答えた。

ところで、と喜多は顔を成二郎に向ける。

「なにか探索事が起きたのですか。それとも、いつもの見まわりですか」

目を瞬きながら、成二郎は答える。

「火事を起こした、花川戸の両替商の一件です」

あぁ、やはりそれか、と右門はうなずきながら、

「火付けの疑いでもあるんですか」

「さぁ、それがわからないのです。もちろん、そこも調べなければいけないと思いますが、問題は、もうひとつあるのです」

と、後ろから咳払いが聞こえた。

「あ……しまった、話してしまった」

小者は、よけいな話をするな、といいたかったのだろう。

「いいではありませんか。私たちと成二郎さんの仲なのですから」

「あいや、まぁ、そうですね」

小者の顔色をうかがいながら、右門を見る。

「これから、花川戸の焼け跡に行こうかと思っていたところです」

ならば私も一緒に、と右門が足を踏みだすと、

「おもしろそうな話ですけど、私は用事がありますから、ここで失礼しますよ」

喜多が踵（きびす）を返そうとする。

すると、小者が寄ってきて、

「春川の姫さま、いま徳俵の旦那からお聞きになった話は、まだ内密にお願いいたしやす」

頭が禿げあがりかかっている小者は、ていねいに頭をさげた。

喜多は笑みを浮かべて、

「わかりました。口に糊をつけておきましょう」

「春川のお姫さまは才色兼備との評判ですが、本当ですねぇ」

「あら、成二郎さんのお供とも思えませんね。おだて上手ですこと」

嬉しそうに右門に目を向けると、

「私も普段から、そう思っています」

ぴくりともせずに右門は答えた。

はい、と喜多は腰をかがめて、これで失礼します、と背中を見せた。

喜多の姿がその場から見えなくなると、右門は成二郎を見つめた。

「私が一緒に行ってもかまいませんか」

「……そうですねぇ」

またもや成二郎は振り返って小者を見ると、知らんふりをしている。お好きにどうぞ、とでもいいたそうである。

　頬をゆるめながら、成二郎は右門に答えた。

「ぜひぜひ。私だけでは力不足かもしれませんからねぇ」

「そんなことはないでしょう」

「いえいえ、私が持っているのは、この大きな身体だけですから」

「それは謙遜しすぎですよ」

「目立ちたくないのです」

　ますます肩をすぼめて小さくなろうとする成二郎のもとへ小者が寄ってきて、背中を、どん、とひと叩きする。

「旦那……旦那は自分では、平凡で取り柄がねぇと感じているかもしれませんが、あっしは、そのへんのおかしな与力どもよりは、ずっと才があると信じているんですぜ」

「そんなことをいわれても」

「早乙女の若さまも、きっとそう思っているから、お付き合いしているんだと思いますが」

　違いますかい、という目つきで、小者は右門を見つめる。

「はい、そのとおりです」

右門は素直に答えた。ますます成二郎の身体は縮こまっていく。

「ところで右門さん、どうして花川戸まで付き合おうと思ったんです」

いままでは探索になど興味を見せなかった右門だから、不思議な気がする、と成二郎は問う。

「そうですねぇ、なぜでしょうか。理由はわかりませんが、なにかそうしなければいけないような……誰かに引きずられたような、そんな気がしました」

「ははぁ。それは兄上が絡んでいるのではありませんかねぇ」

「そうかもしれません」

左門の考えを感じ取ったのかもしれない、と右門は答える。

「双子とは、そのようなものなんですね」

「わかりませんが、言葉にはできぬなにかを感じることはあります」

「であれば、もし左門さんが危険な目に遭っていたら、右門の若さまも同じような気持ちになるんですか」

「それはあるかもしれません」

果たしてそれは便利なんでしょうかねぇ、と、成二郎は見えてきた大川沿いを進みながら右門に聞いた。

「両方でしょうね。ときどき面倒なときもありますから」

「そんなものですか」

金龍山浅草寺の五重塔を左に見ながら、ふたりは大川を今戸方面へ向かう。

はぐれたのか、一羽の都鳥（みやこどり）が水面を流れるように飛んでいく。

右門はその姿をじっと見つめて、

「兄はいまごろどうしてるやら……」

「ははぁ、左門若さまを心配されてるのですか」

成二郎がからかうような視線を向けると、右門は苦笑を浮かべつつ首を横に振った。

「そういうわけではありませんがね……どうやら、兄がこちらに向かっているような気がします」

「へぇ」

「気が急いているのかもしれません。おそらく兄は兄なりに、事件の裏を調べようとしているのではないでしょうか。成二郎さんも、さきほど、事件にはもうひとつの引っかかりがあるとおっしゃっていましたから」

「まぁ、火事についてはいろいろと噂が広がっているでしょうからね」

自分たちが公言しないように気をつけていても、人の口に戸は立てられませぬ、と成二郎は笑った。


「鳥が飛んでいく」

大川を歩いている途中で、左門が指差した。

浅草広小路を通り越し、花川戸へと向かう途中である。都鳥が一羽、水面を滑っていくさまを見てのひとことだった。

「へぇ」

甚五は、またはじまった、という顔つきである。

「あの鳥は、一羽だけで寂しくはないのか」

「問いただしたことはありませんねぇ」

「寂しいだろうなぁ」

「鳥も寂しさなんぞを感じるもんですかねぇ」

「鳥と島は字が似ておるな」

「それがなにか……」

「なに、気にするな」

「してません。左門の旦那の禅問答には、まだまだ慣れることができねぇ。どうしたら慣れますかい」

「聞かなければいい」

「ははあ、無視をしてもいいと」

「時と場合によるな」

「その差がよくわからねぇときは、どうしたらいいんです」

「無視と虫は音が同じだな」

「……そろそろ花川戸です」

川沿いに建っている両替商の建物の一部が、焼け落ちていた。

焼け跡に着くと、焦げ臭さに襲われる。炭化した木材が倒れ落ちて、その間に、簞笥らしきものや火鉢が焼け残っていた。

「火事はまっこと恐ろしいもんです」

甚五が、足元に転がっている炭を蹴飛ばした。

「たしかに。で、両替商はどんな暮らしぶりだったのだ」

どうですかねぇ、と首をひねった甚五に、左門は笑いながら、

「盗人なら、あちこちの店の噂を集めているのかと思っていたが、そうでもないらしい」

「左門さん、盗人、盗人、と人聞きの悪い呼び方はやめてもらいてぇ」

「では、空き巣か、こそ泥か、それとも」

「もう、いいです」

「おやおや、弟まで来ている」

「あ……すみません、あっしはここで」

いきなり来た道を戻ろうとする甚五の袖を、左門はつかんだ。

「弟のとなりにいるのは、徳俵ではないか」

「あっしは、あの旦那が鬼門なんでさぁ」

「鬼門と左門は似ているが、どうだ」

「右門も似てます……そんな話は、どうでもいいですから」

つかまれた袖を振り払おうとするが、なかなか振りほどけずに、甚五は諦め顔をする。

行くぞ、という声と一緒に、左門は成二郎と右門の前に進み出た。

成二郎は、左門の陰に隠れようとしている甚五を見て、

「おやおや、私より身体を隠そうとする人がいるようで」

　へへへ、と腰をかがめながら甚五は、成二郎に向かってお辞儀をした。

「左門若さま、どうして、そんな怪しげな男と付き合っているんです」

　成二郎は、甚五を睨みつける。

「この男は、遊び人風を装っていますが、裏では盗人稼業を楽しんでいるにちげぇねぇと睨んでいるんですよ」

「そうらしいな。さっきも似たような話をしたのだが、本人は盗人といわれるのは嫌いらしい」

「でしょうねぇ」

　右門も、左門がどうして甚五と懇意にしているのか、と問いつめたそうな顔つきである。

「右門、今日の稽古はどうであった」

　左門に問われて、右門は、あっ、と小さく声を漏らした。

「その顔だと、なにか起きたな」

「いえ、大きな問題ではありませんが」

「景之進であろう」

「わかりますか」

「私は、おまえの頭のなかをのぞくことができる。なんでもわかるのだ」

「では、私も……はて」

「なんだ、その、はて……の意味は」

「観ずることができません」

その言葉を聞いた左門は、わはは、と大笑いをして、

「双子でも、すべてが同じではないということであるなぁ」

左門の笑いが、焼け跡に響き渡る。

五

火事は離れで起き、火花は方々に舞ったものの、幸いにも母屋は残っている。

不幸中の幸いだと、界隈では噂されていたが、同時に、金持ちはこんなところでも得してる、と長屋住まいの連中などはやっかみを漏らしているらしい。

成二郎は、伊勢友の主、友三郎から話を聞くことにした。

「左門さまは、外にいてください」

聞きこみの際、左門や甚五に同席してもらいたくないのか、成二郎はきつくいい渡してきた。

よけいなことはしないでください、となおも成二郎から念を押されてしまう。

しかし、そのようなことなど気にする左門ではなかった。

手はじめにとばかり、甚五に、使用人たちから話を聞くよう命じる。

「盗人なら、なかに潜りこめるであろう」

そういわれた甚五は、にやりとしながら、囲い塀を探りはじめた。

しばらくして、甚五が戻ってきた。いつの間にか、なかへと忍びこみ、なにやら探ってきたらしい。

「いま、件の子守りは、納戸に閉じこめられているようです」

「それは無体な」

「へぇ、まぁ、主人の友三郎にしてみると、火事の原因かもしれねぇ、と考えているんでしょうねぇ」

「原因かどうかはわからぬが、いずれにしろ、火事のことと赤子の神隠しについては、なにか知ってるかもしれんな」

「そうですねぇ」

「そもそも、火の出どころはどこなのだ」

「燃えかたからして、離れだということは、はっきりしてますが、火元まではわかりませんや。もっとも事故であれば、離れですから、行灯や火鉢くらいしか火はねぇでしょうけどね」

「なるほど。であれば、本当に付け火なのかどうか、そこから確かめねばな」

甚五は、へぇ、と応じて、

「神隠しに遭った赤子ですがね……名前はお菜だそうですが、やっぱりきれいさっぱり消えちまったのは、たしかなようです。そもそも燃え具合からして、亡骸がまったく残らねぇほどの火事ではないですからね」

「ふむ、なんともおかしな話だな。そこから考えられるとしたら……」

「へぇ、神隠しでなければ、かどわかしかも……なんにしても、火事以外に、おかしな出来事が伊勢友で起きているようですぜ」

「ふふ、これはまさに退屈の虫が、私を呼んでくれたのだな。腕の見せどころではないか」

「左門の若さま……そんなに探索好きだったんですかい」

「虫だよ、虫」

「へぇ、無視ではねぇですね」

「おまえも、私のあふれる才に追いついてこれるようになってきたらしい」

「いいのか、悪いのか、わかりませんや」

渋面を見せる甚五を見た左門は、わはは、と声をあげながら、

「よし、子守りに会ってみよう」

「しかし、納戸に押しこめられているとのことですから」

「なに、おまえが潜りこめたのだ。私もできる」

「……塀の潜戸が開いてましたから、入れただけです」

「なんだ、もっと盗人の腕を振るったのかと思っていたぞ」

「世の中、そんなうまくはいきませんや」

「なるほど、覚えておこう」

　せまい戸をくぐり、左門は中庭に入る。

　伊勢友は、売りだし中の商家だけあって、立派な松や楓などが庭のまわりを囲んでいる。

　見つからぬよう中庭を進み、先に甚五が、とんと縁側にあがった。障子を開き、

左門を招き入れる。

「やはり、盗人と付き合っていると便利だな」

「そんな話は、あとにしてくださいよ」

入ったのは、六畳部屋である。寝室なのか、それともほかの目的で使っている
のか、わからぬような部屋であった。

家財道具が、ほとんどないのである。

ぽつんとした隅の桐簞笥が、よい香りを放つだけであった。

「金持ちは、なにを考えているのかわかりませんや」

甚五がつぶやきながら反対側から部屋を抜け、廊下に出た。

「この先に納戸がありそうです」

甚五のあとに続いて、左門も廊下を進む。

ここですね、と甚五が足を止めると、なかから泣き声が聞こえてきた。とはい
え、赤子ではない。若い娘のものであった。

「鍵がかかってますねぇ」

「こんな南京錠など、朝飯前であろう」

早く鍵抜けをしろ、と左門はつぶやいた。

「こんなことはしたくねぇんですがね」

「私が許す」

「それはありがてぇ。捕まったら、左門さんに力ずくでやらされたといいます」

「いいから早くやれ」

甚五は懐から針金のようなものを取りだし、鍵穴に突っこんで、押したり引っ張ったりした。すぐに、かちりと音を立てて鍵が開いた。

戸を開くと、まだ年若い娘が、座ったままさめざめと泣いていた。幼さの残る顔つきではあったが、どことなく若い娘特有の華やかさもある。

納戸のなかは、三畳ほどしかない。左門と甚五が入ると、部屋はいっぱいになった。

子守りはかすかに身をよじり、突然の侵入者から逃げようとする。

「心配はいらぬ。乱暴をするためにきたのではないから安心しろ」

「…………」

子守りは、左門の言葉をはかるように、まっすぐな目を向けてきた。

「名はなんという」

「よね……」

「およねちゃんか。お菜はどこにいるんだい」

お菜の名が出たところで、およねはさらに逃げようとする。

「なにか知っているなら、教えてほしい」

「知りません」

「その顔は、知らないという風ではないぞ。悪いことはいわぬから、教えてほしい。おまえを助けるためにもな」

「でも」

「なにを気にしているんだい」

左門はていねいに語りかけるが、およねはなかなか心を開こうとしない。

すると、甚五が左門の後ろから声をかけた。

「およねちゃんは、どこの生まれだい」

「……草津です」

「おお、草津か。いい温泉が湧くところだな」

「変な匂いですけど、お湯に入ると、身体の疲れも取れるんです……」

「へぇ、そうだろうなぁ。ところで草津から出てきて、江戸暮らしはいつからなんだい」

「去年です」

「そうか。一年くらい経ったけど、江戸の暮らしは大変だろうなぁ」

およねは、またも口を閉ざした。

「いやぁ、おれもな。生まれは下総なんだが、江戸に出てきたときは、こんな大勢の人がいるところで生きていけるのかと、不安になったもんさ」

「そうですか」

「なにしろね、兄弟が多くてねぇ。うちにいても食えねぇと思って、思いきって江戸に出てきたんだ」

「それは、私も同じです。姉がひとりいましたが、弟がふたりに妹がひとり。姉と私が家を出されて、江戸に……」

「そうか、売られてきたのか」

黙ったところを見ると、それに近いような境遇だったのだろう。

「大変だったなぁ。で、どうだい、お菜を助けたいだろう」

「はい……」

答えてから、いままで閉じこめていたものが一気にあふれてきたらしい。きっとした目つきで左門を見つめると、

「助けてください、お菜ちゃんを」

「かどわかされたのだな」

しばらく答えに迷っていたようだが、最後は小さく、はい、と漏らした。

火事が起きたときの話を問うと、およねは、自分でもなにが起きたのかよく覚えていない、と迷う目を見せる。

「覚えていることだけでいいのだ」

なおも左門が問いかけたところで、廊下を歩く音が聞こえ、

「なにをやっているんです」

こちらを責めたてる声が、後ろから響いた。

「おや、俵さん」

「徳俵です。そんなことより左門さまは、こんなところで、なにをなされているのです。いますぐ出ていってください」

人の気配がした瞬間、甚五はあっという間に姿を消していた。したがって、成二郎は左門ひとりが納戸にもぐりこんできたと思ったのだろう。

ややあって、後ろからもうひとりの声も聞こえた。

「兄上、こんなところに部外者がいてはいけません」

「……ほう、だが右門、おまえはいるではないか」

「私は許されています」

そういって、大福帳のようなものを見せてくる。

「それはなんだ」

「探索帳です。伊勢友さんや、ほかのかたたちから聞いた内容を、ここに書きとめているのです」

「さしずめ、右門捕物帳か。なんだか捕物名人のように聞こえるぞ」

ふたりの会話を聞いていた成二郎は、我慢ならぬように苦虫を嚙みしめ、

「そんな話はやめてください。とにかく、左門さまは外へ」

手を伸ばして、指先を外に向けた。

このときだけは背筋を伸ばしていて、大きな身体がさらに大きく見えた。

六

しぶしぶ外に出た左門が表通りに出ると、甚五が、へへへ、と笑いながら寄ってきた。

「逃げ足が速いな」

「へへ、盗人ですからね」

「それにしても、盗人は忍びこみがうまいだけかと思っていたが、人の心を奪うのも上手らしい。およねとのやりとりには、舌を巻いたぞ」

「へへ、まぁ、左門さまよりは、人間ができていますからね」

「……まぁ、よいわ。ところで、なんとか使用人たちから話を聞きたいのだが。おまえのことだから、姿を消している間に、なにか聞きこんでおるのか」

「よくわかりましたね。さすが、南條道場三羽烏の一角」

「おまえ、語り口調が私に似てきたぞ。心にもない世辞をいうな」

へへえ、と口元をゆるめた甚五に、左門が尋ねる。

「火事のときに、なにが起きていたのだ」

「へぇ、聞いた話をつなぎあわせると、こんな具合です」

一度、息を吐いてから、甚五は語りはじめた。

その日、主の友三郎と内儀のお梶は、湯島の宮地芝居見物に出かけていた。

自宅に戻ってきたのが、酉の下刻。

表通りを歩いてきた主夫婦が家の前まで着いたとき、すでに大きな騒ぎとなっていた。

　何事か、と尋ねようとした友三郎は、

「なんだ、あれは……」

　すぐに、焦げた匂いと立ちのぼる煙に気づいた。

　中庭に駆けつけると、離れが轟々と燃えており、およねが呆然と立ち尽くしている。そのまわりを、使用人たちがあわてふためいて駆けまわっていた。

　およねは友三郎を見ると、血相を変えて寄ってきて、火事が起きたのです、と叫びだしたのだという。

　友三郎にしてみれば、火事も大事ではあるが、なにより娘のお菜の安否が重要だ。およねに尋ねてみても、どうにもはっきりとしない。

「まだ離れにいるのではないか」

　必死の形相を浮かべた友三郎が、使用人のひとりをつかまえる。ちょうどその使用人は、離れの火の手のなかに飛びこんだらしく、室内にはお嬢さまどころか、誰ひとりいなかった、と断言した。

　どうやら娘のお菜は無事らしいが、その肝心の娘は、神隠しに遭ったかのようにいなくなってしまったらしい。

娘が生きているかもしれないということで、安堵の息はつけたものの、相変わらずなにが起きているのかはっきりとしない。

「すぐ組の親分さんを」

ひとまず、火の手をおさえようと、火消しを呼ぶようおよねに伝えた。浅草花川戸の周辺は、いろは四十八組のうち、十番組、ち組支配だ。

だが、およねはなにかいいたそうに離れのほうを見ていて、なかなか動こうとしない。

母屋から出てきた小僧を見つけた友三郎は、町火消しの親分を呼んでこい、といいつける。

はい、といって駆けだした小僧を見てから、友三郎は、およねに顔を向けた。

「本当に、お菜は火事に巻きこまれてはいないのだな……」

「巻きこまれてはいません……いないのです」

「どういうことだ。離れにはいなかったというのか」

「いえ、いました」

「おまえ、なにをいっているのだ。もっとわかるように説明しなさい」

眉を逆立てながら叫ぶお梶に向かって、およねは泣き声をあげながら、

「火事が起きたときは、お菜ちゃんの姿が見えなかったのです」

「どういうことです」

「離れで寝かせつけていたのですが、私が厠に行って戻ってきたら……」

「いなかったのか」

「はい……同時に火の手があがってて。私、どうしたらいいかわからなくて。とりあえずお菜ちゃんを探しつつ、店の人を呼びにいったんですけど……すみません、申しわけありません」

泣き崩れるおよねを突き飛ばして、友三郎は、いまだ燃えている離れに飛びこもうとして、お梶に止められた。

「いま入っていったら危険です。焼け死にしてしまいます」

「だけど、やはり信じられん。なかにお菜がいるかもしれんのだ」

「およねがいったでしょう、姿が見えなくなっていたと」

とはいえ、まだ生まれて一年あまりの赤子が、どこかに歩いて消えてしまったとは考えにくい。だとしたら、誰かが連れていったのだろう。

友三郎は、もう一度、使用人に聞いてこい、とおよねに命じた。

およねは、それでも動かずに、

「お菜ちゃんがいないので、母屋に行って聞いてみました。誰かお菜ちゃんを離れから助けだしたかどうかを……」

「それで、みなの答えは」

「離れには、誰も来ていませんでした。お菜ちゃんを見た人もいません。そもそも私が離れにいたときも、誰ひとり見てないんです」

友三郎は唸り、お梶はその場にへたりこんでしまった。

それだけではない。お梶は話を聞いて吐き気を催したのか、げぇげぇと音を立てながら、胸をおさえていた……。

話を聞き終えた左門は、なるほど、それは不可思議な話だなぁ、と渋い顔をする。

「やっぱりお菜は、神隠しにでも遭ったんじゃありませんかい。神さまが連れていったんなら、誰も見てねえっていうのも道理だ。焼け死ぬ赤子に同情して、神さまが助けてくれたのかもしれねぇ」

甚五が、ため息をつく。

「本気でいってるのか」

なかば呆れ顔の左門は、神隠しなどあるわけがない、ときっぱりいいきる。

「普通ならば、店の者か、あるいは外から誰かが入りこんで連れ去った、と考えるべきだろうな」

「へぇ、まぁ、実際は、そんなところだと思うんですがね」

「だとしても、かどわかした理由がわからぬ」

「身代金の要求でもくれれば、誘拐だとはっきりするんですがねぇ」

ふたりが推理に悩んでいるところへ、成二郎と右門のふたりが、これまた渋い顔をしながら通りに出てきたのが見えた。

「おやぁ、右門の捕物帳にはどんなことが書かれてあるのか……興味深いぞ。ひとまず聞いてみるか」

笑みを浮かべる左門に、甚五が鼻を鳴らしつつ、

「右門さまは、几帳面ですからねぇ。さぞや細かく書き記してるでしょうよ」

「私の弟とも思えぬ、そういいたいのであろう」

「いえいえ」

「ははぁ、おまえまで、愚兄賢弟といいたいのか」

「そんな言葉、一回だって口から出したことはねぇでしょう」

「口には出さぬが、本当は思っているとしたら、そっちのほうがたちが悪い」

「ですから、そんなことは……」

といいながら、甚五は、すうっとその場から離れはじめる。

「ここであっしは退散いたします」

ひとこと断った瞬間、甚五の姿は塀を飛び越えて、中庭に入りこんでいった。

さすが盗人、と左門が呆れ顔をしていると、こちらに気づいたのか、成二郎と弟が並んで近づいてきた。

にこやかな表情を浮かべ、左門は陽気に問いかける。

「どうだい、捕物帳の進み具合は」

「上々です」

「ほう、それは重畳。見せてくれ……といっても断るであろうなぁ」

「いいですよ」

あっさりと右門は、捕物帳を差しだしてきた。

左門が手を伸ばすと、

「だめです。ここには私の言葉も書かれていますから。町方以外のかたに見せるわけにはいきません」

すばやく成二郎が取りあげた。

「おやおや、俵の旦那は、私が嫌いらしい」

「略して呼ばないでください。私は徳俵です。そもそも、嫌いとか好きとかは関係ありません。左門さまが町方ではないことが、問題なのです」

「ならば、どうして右門は一緒にいられるんだい」

「私が、お願いしたからです」

「ふむ……」

「つまり、右門さまは私の介添人です」

「ふぇ……」

「右門さまは、そんなおかしな言葉遣いはいたしませんしね」

「しぇ……」

呆れた素振りで、成二郎は捕物帳を右門に戻した。

「兄上、申しわけありません。兄上の考えも聞いてみたかったのですが」

「なに、そんなものがなくても、私は右門のあたまのなかを、のぞくことができるのだからな。なにが書かれてあるのかも、すべてお見通しなのだ」

「……それなら、私も心苦しくならずに済みますね」

「……もちろんであるぞ」

双子の会話を聞きながら、成二郎は身体を丸め続けている。

「ところで、身代金の要求はないのか」

左門の問いに、成二郎はあわてて右門の口に手をあてた。

「だめです、口を閉じていてください」

「うぐうぐ……」

成二郎と右門の滑稽なやりとりを見て、左門は呆れ顔をする。

「徳俵という名のわりには、損をしておるなぁ。いわば損俵だな」

「……なんのことです」

「私の推理を聞こうとしないではないか」

「どうして、それが損になるのです」

「探索上手の左門さまの話を聞こうとしないとは。これを損失といわずして、なんという」

「右門さまがいますから、ご心配はいりません」

「ふうん、右門の捕物帳は完全無欠らしい」

「私自身の推理も書かれていますしね。たしかに最近、子どものかどわかしは増えています。今回の一件もそうなのかはまだわかりませんが、いずれにしろ、左門さんの手を借りずとも、事件は解決してみせます」

「ほほう、目立ちたくないというわりには、自信満々ではないか」

「探索仕事は、目立つとか目立たないとか、そのような話ではありません」

「なるほど、ものは言いようだ。大きな身体に似合わず、小さな心臓かと思っていたが、そうでもないらしい。うどの大木でもなさそうだが、といってやはり見かけ倒しか、それとも……」

左門の勝手なひとりごとに、いやな表情をする成二郎を見て、さすがに右門も同情を覚えたらしい。

「兄上、そのへんでおやめください」

さぁ、どうぞ、と右門があらためて捕物帳を差しだしてきた。

あわてる成二郎を、穏やかに制した右門であったが、

「……いらねぇよ」

ぷいと横を向いて、左門はふたりから離れていった。

後ろから、兄上、と呼ぶ声が聞こえてきたが、無視を決めこむ。

「痩せ我慢は、あとで後悔いたしますよ」

さらに、右門の声が聞こえた。

「ふん、いらねぇよ、捕物帳なんざ」

たしかに痩せ我慢かもしれん、と渋い顔をしながらも、

――まぁ、書いてある内容は、だいたい想像はつくからな。足りないところは、甚五が調べてくれるだろう……。

頭のなかでは、そんな思いが駆けめぐっていたのである。

七

日本橋で大店(おおだな)が並ぶのは駿河町界隈だが、同じように人の出入りが激しいのが十軒店だろう。人形の店が並んでいるため、子ども連れやら若い娘たちが集まってくるからだ。

左門、右門が伊勢友にいたころ、喜多は音曲(おんぎょく)の仲間と十軒店を歩いていた。

いくつか店を冷やかし、仲間がふと離れたところで、声をかけられた。

「おまえが、右門の許嫁だな」

目をあげると、そこには、荒んだ目つきの侍が懐手で立っている。

「……あなたは、たしか」

「永山景之進だ」

「南條道場のかたですね。右門さまたちからお聞きしてます。それに、稽古姿を見たこともありますよ」

「……ふん、そうかい。だったら私が、おまえと右門の許嫁の間柄を解消しろと迫ったことも、聞いているんだな」

「え……」

「おやおや、なにも知らぬのか」

「そのような話は、聞いたことがありません」

喜多は、眉をひそめて答えた。

名取になったときの贈り物として、音曲の仲間たちと博多人形を見ていたところであった。

そんな楽しいひとときに、なぜこのような剣呑（けんのん）な話が持ちこまれるのか。

そもそも、なぜこの景之進はこの場に現れたのか……。

尾行でもされていたのかと考えたら、気持ちが悪くなってきた。

「どうして、こんなところにいたのです」

表情を険しくした喜多に、景之進は鼻で笑って答えた。

「心配するな。あとをつけていたわけではない。妹と一緒なのだ」

景之進が後ろを向くと、江戸紫の小袖を着た娘が、店のなかをのぞいていると
ころだった。

どうやら顔を合わせたのは偶然だったようで、ひとまず喜多は安堵する。

「そうでしたか。では、私はこれで。仲間がいますから」

「待て、待て」

「まだ、なにか用があるのですか」

「双子兄弟に伝えておけ」

「ご自分でどうぞ。道場で会えるでしょう」

「気の強いおなごだな」

「気の強さは関係ありません。事実を申しただけです」

「……ますます気に入った。右門に勝ったら、やはりおまえをもらい受けること
にするか」

「なにをいってるんです」

景之進のにやけ具合に、吐き気を感じた喜多は、

「おかしなことはいわないでください」

「どうしてこのような話になったのか、右門に聞くんだな」

　最後まで景之進の言葉は聞かずに、喜多は後ろを向いて仲間のところへと駆けだした。

　不愉快そうな喜多の顔を見て、一緒に来ていた音曲仲間のお道が、心配そうな表情をする。

「ごめんなさい、心配かけちゃったね」

「私はいいけど……」

「変な男に絡まれてしまいました」

「知りあいみたいだったけど」

「右門さまが通っている道場の、お仲間です。妹さんと一緒に来てたみたいだけど」

「そんな人がどうして、お喜多ちゃんに意地悪なことをするんです」

「……どうして意地悪とわかったんですか」

「だって、お喜多ちゃんの顔が、閻魔さまのようになっていたから」

「まぁ、それはいけないわ。やっと名取になれそうなのに、閻魔顔ではねぇ」

笑みが戻った喜多を見て、お道も安堵の顔を見せる。

「そうそう、お喜多ちゃんはその笑顔がいちばんよ」

「そうかしら」

「そうよ、立派な名取のお師匠さんになれるわね」

そんなふたりの会話を、景之進は離れたところから、じっと見つめ続けていた。


花川戸から浅草広小路に出た左門は、後ろから誰かにつけられていると、すでに気がついている。

「おいおい、そんなところから見られるのは、あまり気持ちのいいものではないぞ」

いいかげんうんざりしたところで、足を止めて言葉を投げた。

物陰から現れたのは、なかば予想した顔だった。

「へへへ、さすが南條道場の三羽烏」

「だから、それはやめろ」

「だって、本当のことじゃありませんか」

からかうような笑みを浮かべているのは、甚五である。

「そんなことより、伊勢友から新しい話を仕入れてきたのではないのか」

「まぁ、新しいといえば、新しいかもしれません」

「俵の成二郎の鼻を明かせられる話であればいいがな。あいつがあんなに意地悪だとは、はじめて知ったぞ」

「いままで、旦那が探索事なんぞに、興味を見せてなかったからじゃねぇですかい。だから、やっこさんもたいして気にしていなかったんでしょうがねぇ」

「やたらと、私を拒否するのだ。なんてやつだ」

「おやおや」

「まぁ、いい。もったいぶらずに、新しいネタを教えろ」

「わかりました。お菜についてなんですがね、どうも実子ではねぇらしい」

「なんだって……」

「友三郎とお梶が一緒になったのは、三、四年前のことらしいんですがね。なかなか子どもができず、一年あまり前、友三郎が遠い親戚とやらから連れてきた赤子が、お菜らしいんです」

「おかしな話になってきたな」

「それにね、いけねぇことに最近、お梶にややができたらしいんです」

「なんとまぁ。三題噺がそろったような内容ではないか」

「でげしょう」

「しかし、そうなると、どんな絵図が描けるのだろうか……」

「お梶が火を付けたということはありませんかね」

「お菜を殺そうとしたというのか」

「自分が腹を痛めて生んだ子ではありませんからね。これから、本当の子どもが生まれようとしているとしたら、お菜は邪魔になります。なにしろ、伊勢友の身代は何千両ともいわれていますから」

「いまから、邪魔な目をつんでおくと……」

「ありそうな話ではありませんかい」

甚五は、これで決まりだ、とでもいいたそうである。

「しかし、お梶は友三郎と一緒に、芝居見物に行っていたではないか」

「そこに、なにかの絡繰りがあるとしたら……」

「人を使ったとでもいうのか」

「江戸には、悪いやつらがいっぱいいます」

「盗人がいう言葉ではないな」

「一般的な話として聞いてくださいよ」

ふむ、と思案顔をする左門は、まだ気になることがある、と答えた。

「どんなことです」

「およねをどう思った」

「どう、とは、なんです」

「素振りが気になったのだ。納戸を開いたとき、私たちにはまったく関心がなさそうであった」

「それは、お菜の神隠しや火事のことを、自分の失態だとでも思ったのでしょう。主人に責任を追及され、職を失うことを心配したのかもしれねぇ。呆然としていても不思議はありませんや」

「それはまぁ、たしかにそうなのだろうが……なにかに怯えているようにも感じたのだがなぁ」

「およねも若い娘ですからねぇ。なにか疑惑でもあるんですかい」

「はてなぁ、それがわかれば、この火事の原因も、かどわかしについても、謎が解けるような気がするのだが」

「およねが、事件にかかわっているとでも」

「いや、まだわからぬよ」

「それならもう一度、話を聞いてみましょう」

「しかし、俵の大木が、また邪魔してくるのではないか」

「なに、おまかせください。金銭を盗むだけが、盗人じゃあありません」

にやりとした甚五に、左門は返す言葉が見つけられずにいると、

「心も盗むといったのは、左門さまですぜ」

「ふむ、まぁ、よしなに頼む」

へぇ、と甚五はすぅっと姿を消してしまった。

「なんだあやつは。本当に盗人なのか……どうも正体不明な男だ」

ぶつぶついいながら左門は、浅草から神保小路へと足を向けた。

——それにしても、ただの火事がとんでもない話へと様変わりしたぞ。

左門は、火事、かどわかし、お梶の妊娠、とつぶやいた。

「本当に三題噺だぞ、これは」

顔をしかめながら、左門は右手を出して、

「これが、火事……」

親指を折ると、かどわかし、お梶の妊娠、と指を続けて折った。

「しかし、そこに、もう一本……およねのあの謎の態度」

最後は右手で拳を作って、握りしめた。

八

翌日のこと。

ここは、南條道場から少し離れた九段坂下。

俎板橋（まないたばし）の手前にある料理屋『柳屋』の二階で、左門、右門、そして喜多の三人は、中食をとっていた。

最初は、剣術大会や喜多の名取の話が会話の中心だったのだが、

「景之進が、そんな馬鹿なことをいいましたか」

喜多から十軒店の出来事を聞いた右門は、拳に力を入れる。

「許せぬ……」

いつも冷静沈着な右門には珍しく、憤りの顔になっている。

左門も、景之進の馬鹿げた言動に、いささか呆れ顔だった。

「そんなやつは、浅茅ヶ原に連れていって、火を付けてやれ」

ふざけた左門の物言いに、まさか、と右門が顔をしかめる。

「そもそも、火事を起こしたら死罪ですよ」

喜多も、とんでもない話だ、と左門を諌めるが、

「人に火を付けたところで、火事ではあるまい」

「もっとひどいです。焼き殺すなど、もってのほかです」

「では、浅茅ケ原に連れていって、磔にしてやろう」

「……左門さん、もっとましな案はないのですか」

「馬鹿は死んでも焼いても、馬鹿のままだからな」

話にならない、と喜多は右門に顔を向け、

「このかたは、本当に右門さまの兄上なのですか」

「そのようです」

呆れ顔の右門を見て、左門が口を尖らせる。

「な、なんだ、なんだ、そのいいざまは。私をなんと心得る」

「頭のいかれた、すっとこどっこいですね」

「むう……」

他愛もない兄弟のいいあいを、

「もう、いいかげんにしてください」

喜多がとどめを刺し、話はとりあえず一段落させた。

すると、左門がわざと横を向きながら、

「ところで……おまえの、例の、あれはどうした」

問うと、右門はすぐになにかを察したようで、黙ったまま懐から捕物帳を取りだした。

「あら、それはなんでしょう」

不思議そうな目をする喜多に、左門はいう。

「右門が書きつけている捕物帳だ」

「あら、探索について、いろいろ書かれているのですね。真面目な右門さまらしいわ。草双紙（くさぞうし）にでもなりそうです」

「そうなのだ。さしずめ、右門捕物帳。これは売れるぞ」

「馬鹿なことをいわないでください。金儲けなどではないです。重要な探索の資料なのですよ」

真剣な目と声で、右門は答える。こういうところに、右門の生真面目さが出ている、と左門が考えていると、

「それで、兄上は本当に読まなくてもいいのですか」

「いらぬ」

「本当ですか」

「そんなものはなくても、だいたいの目星はついておるのだ」

「え……本当ですか」

「当て推量ではあるがなぁ」

「教えていただけるんですよね」

「……まだだな」

「どうしてです。もしまだ不確かなところがあるのならば、捕物帳はお見せしますから」

「いや、どうあっても読む気はない……だが、どんな内容が書かれてあるのか、聞いてやってもいいぞ」

喜多はまたしても、いかれてます、とため息をついた。

「ふむ。いかれてると呆れてるは似ておると思うが、どうだ」

「どうぞ、お好きに受け取ってください」

どうやら喜多は、本気で怒りはじめたらしい。

「しまった、喜多姫を怒らせたら……」

「怒らせたらなんです」

眉を逆立てながら喜多が問いただすと、

「……退散するときなのだ」

立ちあがった左門は襖を開いて、部屋から出ていってしまった。

左門が消えた部屋で、右門と喜多は、台風が過ぎ去ったような気分である。

「弟の私でも、兄上はなにを考えているのかよくわかりません」

「双子なのにねぇ」

「ときどき、感情の動きを感じるときはあるんですけどね」

「へぇ、そんな力があるのですか」

「ですから、兄が伊勢友の事件に関して興味を感じているとは、わかっているのですが」

「それならいいのではありませんか。危険なども察知できるのでしょう」

「ですが、どう解決しようとしているのか……そこはまったく見えません」

「不思議ですねぇ」

「……そんなことより」

右門は、喜多をじっと見つめて、

「景之進の件を、なんとかしないといけません」

「放っておいてもいいのではありませんか。危害を加えられたわけではありませんから」

「いまは、言葉だけで済んでいるかもしれませんが、この先、どこまで逆恨みをされるかわかりません」

「そんな男なんですか、景之進という人は」

「以前は違ったのですが、ここのところ、急におかしくなりました」

稽古試合をしたとき、景之進の太刀筋が邪剣に成りさがった、と伝える。

「邪剣とは、どのようなものなのです」

「本来、剣は人を助けるために使うもの、と夕剣師匠から教えられています。また、むやみに抜くものではない、とも。抜かずに相手の気持ちを鎮める、それが本当の剣だそうです」

「へぇ、そうなんですね」

「ところが、先日、手合わせしたとき、景之進は私を殺そうとしました」

「まぁ、怖い」

「あのような殺気は、いままで感じた覚えがありません」

「なにか、きっかけがあったのでしょうか」

「そうかもしれませんし、そうではないかもしれません。もしかすると、師範代になりたい、という一心が、邪な剣筋を生み出したのかも……」

「いずれにしても、なにを考えているのかわからないのですね……」

景之進が別れ際に、自分を手に入れると宣言した言葉と態度を、喜多はいまだ忘れられずにいる。その棘は、心に深く突き刺さっていた。

この心持ちを、どう言葉にしたらいいのか……。

もやもやした気持ちを素直に告げると、右門は天を仰いだ。

「このような揉め事をまとめるのは、兄のほうが得意ですからねぇ。あとで、もう一度、教えを乞うてみましょう」

「そうですね、左門さんはみずから揉め事を起こして、その対処法を経験しているでしょうからねぇ」

喜多が笑うと、真面目な顔で右門は、まさしくそのとおり、と答えた。

柳屋から出た左門を待っていたのは、例によって甚五であった。

まったく、いつどこにでも姿を現すやつだ、と左門は甚五の神出鬼没ぶりを揶揄しながら、小さく口をゆがめた。

「おや、なにか面倒なことでも起きましたかね」

心配そうに問う甚五に、左門は、うぬ、とうなずいて、

「道場でひと悶着が起きたようだ」

「はて」

「まぁ、あれだけ弟子がいれば、なかには馬鹿もいるからな」

「その馬鹿とは誰です」

「永山という小普請組の息子で、部屋住みの馬鹿息子よ」

「へぇ、永山といえば、たしか三羽烏の一羽じゃありませんか。道場乗っ取りでも画策しましたかね」

「似たようなものだが、それ以上に面倒なのは、春川の姫に懸想したらしい。そっちのほうが問題だ」

「春川さまのお姫さまは、右門さまの許嫁でしょう」

「それよ、馬鹿だと思わぬか」

へぇ、と甚五は顔をしかめる。

「どうして、そんな話になったんです」

「数日後に道場で剣術大会があるのだが、そこで一番になったら、右門に喜多姫との婚約を解消しろといいだしたらしい。それができぬなら、師範代にしろ、と夕剣師匠に詰め寄ったという」

「なんとまぁ」

「馬鹿は本当に、煮ても焼いても治らんな」

「では、その馬鹿息子が負けたときには、どうなるんです」

「おっと、そこは聞き忘れた。条件を出さなかったのかもしれん」

「身勝手な野郎ですねぇ」

「馬鹿だからな、いつか、地獄沼にはまって死ぬだろうよ」

「そんなにお武家の息子のことを、馬鹿だとか死ぬだとか、いわねぇほうがいいですぜ」

「ふむ、言葉はやまびこだからな。こっちに返ってきたら困るか」

そのとおりです、と甚五は応じた。

「ところで、およねに疑惑を持ったのは、どういう塩梅なんです」

「そこだ。あの女は見るからに、嘘などいえぬ体を装っているが、確実になにか隠している」

「ははぁ」

「あの娘の話には、いろいろおかしなところが見えていた」

たとえば、と左門は並べはじめる。

ひとつは、友三郎たちが戻ってきたとき、火事だと叫んで近づいてきたと夫婦は答えている。

「へぇ」

「だが、赤子のことはいわなかった。主人の友三郎の顔を見て、子守りならばまずは娘が消えた、と気にするのではないか」

「たしかに」

「つまりは、子どもが消えたことより、火事のほうが意外な出来事だったとは考えられぬかな」

「なるほど」

「火の手のなかに飛びこんだりと、使用人たちが必死に赤子を探したにもかかわらず、髪の毛ひとつ見つかってはおらぬ」

「焼け跡にも、赤ん坊の死骸は見つかっていませんね」

「つまりは、何者かが離れから連れだしたに違いない」

「それが誰か……」

「およねは、その人物を知っているような気がするのだ。だから、消えた赤子のことより、火事に気を取られていたのだろう。とっさのとき、人はいちばん気になっているところに、視線を向けるでなぁ」

「そんなもんですかね」

「予測と異なった場面に遭遇すると、心はそこだけに集中するのだよ」

なるほど、理にかなってます、と甚五はうなずいた。

ふたりは、そのまま伊勢友に足を向けた。ここらでもう一度、およねに話を聞きたいと思ったからだ。

応対に出た友三郎に頼んでみると、案外とあっさりおよねを納戸から出してもらえた。すぐに頼みを聞いてくれたのは、どうやら友三郎は左門を見て、徳俵成二郎と一緒に対面した右門だと思ったらしい。

「友三郎め、私を右門さま、と呼んでいたぞ」

廊下を進みながら、左門はにやにやとしている。

「ふふ、こんなときは顔が同じだと助かりますね」

「私はあんな朴念仁(ぼくねんじん)ではないがな」

そんな台詞を吐きながらも、左門は笑みを浮かべたままだ。

「それと友三郎は、右門さまと間違えてか、身代金の要求が来たとまで教えてくれましたねぇ」

友三郎は真っ青な顔をして、昨夜、石つぶてとともに文が投げ入れられた、という話を明かしてくれた。お菜が生きている可能性は高まったものの、かどわかしとなれば、また別の心配も生まれてくるのだろう。

見るからに友三郎は憔悴しきっていた。

「ふふふ、そこよ。やはり、赤ん坊は最初から、かどわかす手はずになっていたに違いない」

「では、火事はどうなんです」

「手違いが起きたのであろうよ。だから、およねはあわてたのだ。付け火は、大罪だからな」

「かどわかしだって、大きな罪ですぜ」

「いずれにしても、およねがかかわっていなければ、赤ん坊のかどわかしは無理であろうよ」

九

縁側につながる部屋でふたりが待っていると、しばらくしておよねが入ってきた。ようやく納戸から解放されたらしい。

まわりに調度品などがないからか、およねの存在が大きく見える。

甚五がおよねを注視すると、左門がいうように、妙な雰囲気が感じられた。身体を揺らしたり、畳をなぞったりと、とにかく落ち着きがないのだ。

左門が前に座ると、およねは目を伏せて両手で胸をおさえた。

「その格好は、自分を守ろうとするときに見せるものだ」

左門が断じた。

「……べつに守るものなどありません」

「そうかな。まぁ、いい」

「なにをお聞きになりたいのです」

「離れには、なにが置かれていたのか」

「……なにが、とは、どんなものをいうのです」

「火事が起きたとしたら、火の元になるものがなければおかしいのでなぁ」

「火元が離れだとは、聞いてません」

「それはおかしいなぁ。燃えかたからして、離れから火の手があがったのは間違いあるまい。おまえは子守りのために、離れにいたのであろう」

「そうです」

「友三郎が戻ってきたとき、おまえは駆け寄って、火事になった、といったそうではないか。子どものことは、ひとことも口にしなかった」

「それは……驚いたからです。旦那さまに聞かれたときには、ちゃんとお答えしました」

「だが子守りならば、まずは見守るべき子どものほうが、重要なのではないか。しかも、火事の前に消えていたのだろう」

「もちろん、驚きましたよ」

「そうかなぁ。どうも、そんな風には見えぬのだがなぁ。たとえば、ほかの目的でもあったとか」

「なんです、それは」

およねの目つきが変わって、左門を敵のごとく睨みつける。

「おまえは火事に目がいきすぎて、赤子が消えた話はあとまわしにしている。そこから、こんな推量が導きだされた。聞いてみたいか」

「………」

「おまえは、赤子が消えると最初から知っていたのだ。だが、火事は予測外だった。だから、子どもの神隠しよりも、火事の件で動揺したのだ」

「まさか」

「なにがまさかなのだ」

およねの表情は虚ろになっている。

すると、甚五がかすかな声でささやいた。

「江戸で暮らすには、ひとりはつらいものよ」

納戸で、およねの心を開かせた言葉遣いであった。

「おまえは、本当は優しい女よ。だけどなぁ、ちょっと出来心で子どもを誘拐して、身代金などをもらえたら、と考えてしまったんだろう」

真っ青になったおよねは答えずに、胸を抱いた腕に力を入れていたが、急に叫びだした。

「違います、私はかどわかしなぞしていません」

必死の表情で叫ぶと、畳に手をついた。

「本当です、かどわかしなど、していません……」

「では、火事の原因はどこにあったのだ」

「それは……」

そこで、口ごもる。

すると、甚五がまたささやきはじめた。

「おまえは悪くないんだ。誰かにそそのかされたんだ。そうだ、だから、おまえは悪くないんだぜ」

「違います。違います。かどわかしも、火事にもかかわりはありません……」

涙で顔をいっぱいにしながら、肩を震わせている。

その姿を見つめて左門と甚五は、かすかに戸惑いを感じていた。

「どう思います」

甚五が先に意見を求めた。

「ふむ……」

懐手をしながら、左門は目をつむった。

「どうやら、見落としているところがあったのかもしれんぞ」

甚五は、うなずいてからおよねに目を向ける。

「どうだい、おれたちに隠していることはねぇかい」

「……ありません」

「いいかい、おれはおめぇさんの味方だ。お互い、田舎から江戸に出てきて苦労した仲だ。おめぇがつらかった気持ちはよくわかるんだ……」

およねは、答えない。

「どうだい、苦労した同士、困っていることがあったらいってみねぇ、おれなら助けることができるかもしれねぇぜ」

「かどわかしなど、考えていませんでした……」

消え入るような声を出すと、ようやくおよねが顔をあげた。

「そうだろうな。そんなだいそれたこと、考えてたわけじゃねぇんだろうな」

「ご主人たちが留守の間、ちょっと一緒に外に出てみたかっただけです。ふたりきりになって、外で遊んでみたかったただけなんです」

「あぁ、あぁ、そうだろうよ。遊びたかったたんだろう」

すると、左門は目を開いた。

「ちょっと待て、おまえは子守りだろう。いままでだって外に出ることはできたのではないのか」

「いえ、それが許されていませんでした」

「それじゃぁ、子守りは……」

「はい、屋敷のなかだけです」

しかし、左門はまだ得心がいかぬ顔をしている。

「外に出られないような理由があったのか」

「それは……」

そこでおよねは、さめざめと泣きはじめる。

「泣いていちゃぁ、わからねぇよ」

「ただ、一緒に外に出てみたかった。ふたりきりになってみたかった、それだけです」

「おめぇさん、子どもを連れだした男、いや女かもしれねぇが、そいつを知ってるんだな」

「いえ、知りません」

そこで、およねは口を閉ざしてしまったのである。

このままでは、火事の原因も誰がお菜を連れだしたのかも、わからず仕舞いである。

　なんとかおよねの気持ちを開かせようとしていると、廊下から音が聞こえてきた。

　縁側のほうからも足音が聞こえてくる。

「あの足音は」

「俵の大木か……」

　甚五は、天井に目をやると、

「ちょっと消えますんで、よろしくおねげぇしますよ」

　呆れる左門を尻目に、甚五は押入れに隠れると、ガタガタと音を立てる。押入れの天井を開けて、のぼっていったらしい。

　同時に、縁側と廊下側の襖が開いた。

「またですか」

「兄上……」

　成二郎と右門が同時に叫んだ。一緒にいた友三郎が、目を丸くしている。

　徳俵成二郎は、普段丸まった背中を伸ばしている。

「左門さま……いいかげんにしてください」

「風呂に入りたいな」

「……なんです、いきなり」

「女風呂だ。どうだい、俵さん。連れていってくれませんか」

「馬鹿な話はやめていただきたい。いくら早乙女さまの若さまだとしても、あまりにも戯言がひどいと、しょっぴきますよ」

「しょっぴくと、しょっぱいは……似ておらぬか」

「似てません。そんなことは、どうでもいいのです」

「それより、親分はどうしてここへ。ははぁ、そういえば身代金の要求が来たというから、その調べというわけか、なるほど」

「私は親分ではありません、吟味方与力です。与力と夜逃げは似てませんから」

一瞬、ぽかんとした左門は、次に大笑いしながら、

「そらぁ、似ておらぬわ。それをいうなら、与力と他力は似てる、とでもいわぬと意味が通らぬぞ」

「……それより、悪党の甚五はどこに逃げました」

「悪党とはひどいなぁ」

「ろくな者ではない、と睨んでいますから」

「ふむ、本人も盗人といっているから、まぁ、勘弁してやれ」

「勘弁しろとは、どういう意味です」

「本人が盗人だと白状しておるのだから、それでいいではないか」

「それが本当なら、縄を打たねばなりません」

「だが、実際に現場を見たわけではあるまい。それでは捕縛はできんぞ」

むっとした成二郎に、左門は、まぁまぁ、と肩を叩く。

迷惑そうにその手を外した成二郎は、とにかくお帰りください、と外を指差した。

左門はそんな成二郎の言葉を無視して、

「右門、捕物帳をちと見たいのだが」

「いいですよ」

あっさりと腰から帳面を外そうとした仕草を見て、

「だめです。絶対、だめです」

右門の前に飛びだした成二郎は、さらに大きな声で、外へ、と叫んだ。

しかし、左門はその場を動こうとはしない。にやにやしながら、つっ立ってい

ると、

「およねさん、あんたの正体はばれていますよ」

右門が話しかけた。

成二郎が、ここではやめましょう、と右門を制するが、

「離れにいるのをいいことに、お菜をだしにして、男を引きこんでいましたね」

なんと、と左門は驚いている。

「そうか、そういうことか」

あわてているのは、成二郎である。左門には探索の内情を知られてはいけない、

といいたそうである。

「右門さま、おやめください」

「いいではないですか。私たちは双子なのですから、どうせ、すぐに兄も察知します」

「しかし」

「そうだそうだ、私たちは双子だぞ。隠し事などは無駄なのだ」

右門は、そのとおりです、と応じてから、およねに近づき、

「身代金の話が出たところで、これは誘拐事件となりました。もし、おまえも関

係しているのなら、すぐにすべてを白状したほうがいいですよ」

「……知りません。私は本当に知らないのです」

その言葉を聞いて、左門が首を傾げる。

「しかし、さきほどは、一緒に外で遊びたかっただけだ、と答えていたではないか」

「それは……」

「ほらほら、嘘は一度つくと、どんどん深みにはまるのだ。すべてを語るなら、いまのうちだぞ」

およねは深く呼吸をしていたが、最後は観念したのか、

「すべてお話しいたします」

頭をさげて、成二郎を見つめた。

十

重い口を開いたおよねが明かしたところによると……。

なんとお菜は、およねの実の子どもであった。草津から逃げてきたのは子ども

ができたからで、親に売られたわけではない、という。

左門が驚いていると、すみません、そういったほうが同情されるだろうと思い、つい……とおよねは目を伏せた。

左門は大笑いしながら、なるほど、これは騙された、とうなずいた。

「ということは、お菜がこの家にもらわれたのを知って、子守りになったのか」

「はい。身籠ったときに、このままでは育てることはできない、と悩んでいると、とある知りあいが寄ってきて、子どもを育ててやる、といわれました」

およねによると、江戸から少し離れた地域には、貧乏な家から子どもを買い取り、売り飛ばす組織があるのだという。

それまで成り行きを見守っていた友三郎の顔が、真っ青になっている。

「どういうことだい、知っていたのですか」

成二郎が問いつめる。

友三郎も観念したのか、ぽつりぽつりと語りはじめた。

「じつは、うちに子どもがなかなかできないと知ったのでしょう、ある男が訪ねてきて、子どもを買わないか、といわれたのです」

「子どもを売り買いする闇の連中がいるということか……世間体を考えて、遠い親戚からもらったなどと、ごまかしたのだな」

いやな話ですね、と右門が帳面になにやら書きつける。左門がその書きつけをのぞき見ながら、

「まぁ、そんな話はあとまわしだ。それから、どうした……」

およねは続ける。

しぶしぶ子どもを売ったおよねは、やはり我が子の行く末が気になり、売り先をなんとかして聞きだした。それが、伊勢友だったのである。

子を追って江戸に出て、後悔とともに伊勢友のまわりを日々探っていると、子守りを探していると聞いた。

そこで、働かせてくれ、と頼みこんだというのである。子守りならば、我が子と一緒にいることができる。

友三郎は、声を落としながら答えた。

「私としても、およねが来てくれたのは、渡りに船でした。お梶の体調があまり思わしくなかったため、子守りが必要でしたから」

「なるほど、でも家の外に出さなかったのは、どういうわけなんだ」

「はい、それは……」

友三郎の顔が、申しわけなさそうにおよねに向けられる。

「なるほど、信用していなかったんだな」

「売り買いをしている男から手にした子どもです。それを連れていかれたのでは困る、と考えてのうえでした」

「自分に後ろめたさがあると、つい、他の人間も悪さをするはずだろうと考えがちだからなぁ」

左門は、わけ知り顔をする。

さらにおよねは続ける。

あの日は、友三郎もお梶も留守であった。これはいい機会だと、家の外に出ようとする。

「そして……じつは以前から、あの子の父親も江戸に出てきていたのです」

隠れて、父親の男を何回か離れに呼んだことはあった。右門が探りあてた情報は、それが目撃されてのことだろう。

そしてその日、どうしても家族三人で、外に出かけたかった。

つまり、およねの行動は、我が子をじつの父親に会わせるためだったのだ。

「なんと……そうだったのか、しかし、火が出たのはどういうわけだい」

成二郎がたたみかけた。

「あの日にかぎって、離れに現れたのが、市助さん……子どもの父ではなく、見知らぬ男だったのです」

「なるほど、それで」

右門が、筆を動かしながら問う。

「男は、市助の代わりに来た、といって赤ん坊を取りあげ、連れていこうとしました。でも、私はなんだか信用できなくて……」

やめてくれ、と揉みあったところで、部屋を温めていた火鉢を男は蹴飛ばした。

その熾火が障子に飛んで、火がついた、というのであった。

「だとしたら、市助はどうしたのだ」

「わかりません、私は本当になにも知らないのです」

泣き伏すおよねの背中を見ながら、左門はつぶやく。

「その話が本当だとしたら、市助の代わりに来たのは、誰なのだ……」

すぐさま右門が帳面をくり、

「明日の明け六つ、湯島天神の男坂下まで、百両持ってこい、と文にはあったそうです。いずれにしろ、そこで判明するのではないでしょうか」

「そうだな、右門。捕まえてから、ゆっくり素性を吐かせればよいか」

双子兄弟のやりとりを聞きながら、徳俵成二郎は天を仰いで、ああ、とうめいた。


夜が明けはじめている。

左門と右門は神田明神から、妻恋町を抜けようとする徳俵成二郎を追っている。

江戸の朝は早い。

「いや、朝はどこも早いのだ」

と、左門は戯言をいいながら、先に歩く成二郎の大きな背中を見つめている。

いざというときは、あの大きな身体が盾になるからありがたい、とにやついた。

「とうとう成二郎さんも、兄上の排除を諦めたようです」

「ほらみろ、私は捕物名人なんだよ」

「私の捕物帳があったからです」

「ふぇ、否定はせんぞ」

ふたりで笑いあい、不忍池が先方に見えだしたころ、右門が足を止めた。

坂下町へ出るのかと思ったら、成二郎は左に曲がり、門前町のほうへと足を向けているからだった。

「おやぁ、俵の大木はどこへ向かうつもりだ。金の受け渡し場は、坂下ではないのか」

そちらは、男坂とは反対の場所である。

「坂上から、待ち人を探ろうというのではありませんかねぇ」

「ならば、私は坂下に行くぞ」

「それでは統制がとれません」

「統制は、うるせぇ、に似ているな」

いうが早いか左門は踵を返し、門前町から同朋町（どうぼうちょう）へとまわりこんでいった。

右門は一瞬迷っていたが、成二郎のあとに続いた。

成二郎と右門から離れた左門は、坂下の切通に出ると足を止めて、

「そんなところから、のぞくな」

へへ、と笑いつつ、常夜灯の陰から甚五が姿を見せた。

「盗人がこんなに早起きとは知らなかったぞ」

「朝盗みってぇのもありますからね」

「本当か」

「さぁ、いってみただけです」

「……馬鹿にしておるな」

「してませんよ。そんなことより、お菜の父親ってぇのを調べたんですがね」

「やることが早いではないか。どこぞで昨日の会話を聞いていたのか」

「まぁ、そんなところです」

「まったく油断ならぬな。で、どんな男なんだ、そいつは」

「市助ってぇのは神田明神下に住んでいて、大工の見習いをしているそうです。まだ十八歳の、にきびもとれていねぇような若造です」

「悪さをしそうな男か」

「それが、まったくやわな野郎でしてねぇ。丸太ん棒をかつぐのもままならねぇような、腰砕けですよ」

とても悪さをするような男には見えなかった、という。

「ちょっと待て。そんなところまで、どうやって調べつくすことができたのだ。怪しい盗賊だ」

「へへ、蛇の道は蛇ですからね。まぁ、使用人たちは、およねが男を連れこんでいることに、どうやらうすうす気がついていたようです。そいつらから聞きだしただけです」

「ふぅん」

「使用人のなかには、いかれた野郎もいますからね。黙っている代わりに、離れをのぞいてた野郎もいましたぜ」

「なんのために、そんなことをする」

「それは、ほれ、男と女が密会していると……」

くだらん、と左門は吐き捨てた。

「でも、そんなやつらの証言が、今回は役に立ちましたねぇ」

「やつら……のぞいていたのは、ひとりだけではないのか。腐っておるな」

「女中や小僧たちは、みな若いですから」

「いいから先を続けろ」

「ふたりの会話のなかに、神田明神下の住まいや、仕事の話が出てたようです。そこですぐ明神下にすっ飛んでいって、市助のまわりを嗅ぎまわったという次第でして」

そうか、と左門はうなずくと、切通から坂下に入る手前で足を止めた。

物陰に身を置き、男坂の周辺をうかがってみたが、怪しい気配はない。

おかしいな、とつぶやくと、坂下の大きな銀杏の陰に、人の姿が見えた。

「あれが市助ですぜ」

甚五がささやく。

「やはり、やつがかどわかしの張本人だったのかい。野郎、猫をかぶっていやがったな」

「いや、そうではなさそうだぞ」

銀杏の木から少し離れたところに、さらに大きな松の木が生えていて、そこにひとり隠れていたのである。

「ははぁ、市助を盾にしやがったのか」

「野郎の後ろにまわりこもう」

左門が、同朋町から切通のほうへと移動をはじめる。その後ろには、板倉家の広大な屋敷が迫っている。

さらに、切通から女坂を通りすぎると、目の先に墨色の半纏（はんてん）を着た男の後ろ姿が目に入った。

「子どもを連れ去ったのは、野郎ですかかね」

「そうだろうな。市助は、子どもを人質に取られて、しぶしぶここにやってきたのだろう」

甚五も賛同してから、どう対処するのかを問う。

「なあに、普通にすればよい。おまえに声をかけたときのようにな」

すたすたと前に進むと、松の木の裏にひそんでいる男の肩を叩いた。

「なにか見えるかな」

「な、なんだ、てめぇは」

「なんだは死んだ、に似ているかな。おまえはすでに死んでおる」

なにかいおうとした瞬間、男はその場に崩れ落ちてしまった。左門が、鳩尾を突いたからである。

「なんだ、死んだか……いや、死ぬわけはないな。気絶が似ているのは……」

ぶつぶつと続けているところに、甚五がやってきて、

「すみません、消えます」

さっと切通から、池之端方面へと駆け抜けていった。

甚五の姿が消えたところに、成二郎と右門が怪訝な顔をして、女坂をおりてきた。

「なんだ、なんだ。いい男が女坂をくだってくるとは」

「左門さん、その男はなんです」

「俵さん、こいつが今回の仕掛け人だろうよ」

徳俵です、とお定まりの返答をしてから、成二郎は右門を見つめる。

「この男の後ろに、誰かいるとは思われませんか。もしいたら、お菜ちゃんが危険です」

捕物帳を読み解きながら、右門が答えた。

「たしかに。おい、おまえ、起きろ」

投げだされた男の足を、右門が蹴飛ばした。

そこに、市助が走り寄ってきた。市助は一見して、成二郎たちを町方と思ってくれたようだった。

「お幸は、不忍池にある弁天堂のなかで寝かされています」

「お幸。そうか、お菜のもとの名は、お幸というのか」

「はい。私たちから離れても幸せになってほしい、という願いをこめました」

今回の件は、市助がお幸やおよねのことを、男につい話してしまったのが原因だという。

足を蹴飛ばされた男が、ようやく目を覚ました。

なおも唸っている男を指差し、市助は言葉を付け加えた。

「この男は、万助という大工仲間です。私とおよね、そしてお幸のことを知って、金儲けを企んだのでしょう。子どもを人買いから買ったことをばらす、と伊勢友の主人を脅せば、絶対に身代金を出すはずだ、と……」

話を聞いた左門は、このげす野郎、と叫んで、起きあがろうとした万助の腹に、またしても拳を叩きこんだ。

膝を折りそうになった万助を、成二郎が抱える。

「おっと、こんなところで寝られたら困るんだ」

えい、と背中を刺激し、活を入れて、

「さぁ、今度は私と相撲を取ろうか」

その言葉を右門は書きとめ、左門は笑い声を、明け六つの天神下に響き渡らせたのであった。

十一

「まぁ、あの火事騒ぎにそんな裏があったんですねぇ。世の中、不思議なことだらけです」

柳屋の二階で、喜多が驚いている。

右門は、捕物帳をくりながらつぶやいた。

「このなかにひとつ、気になるところがあるのですが」

左門が怪訝な目を向けると、

「江戸から離れたところに、子どもを売買する組織があるそうですねぇ」

「それがどうした」

「気になりませんか」

「ならんな。世の中、捨て子やら拾われた子やらは、あちこちに転がっておるではないか」

「しかし、それを金銭に換えるとは、非道な話です」

「細かいところなど気にするな。それより、俵の大木から、市助とおよね、お幸の三人はどうなったか聞いておらぬか」

それは私も気になりました、と喜多が右門の返事を待っていると、

「成二郎さんからは、万事うまくいった、としかお聞きしていません」

「おや、俵の大木は、おまえまで疎ましく思いはじめたのか」

「兄上ほどではないでしょうが。なにしろ、普通は秘さねばならない探索の裏を、あっさりと兄上に教えてしまったのですからね」

「双子だから、しかたあるまい。しかし、だからこそ、こうして解決できたのではないか」

「成二郎さんは、そうは考えてはおらぬようです」

「やはり、うどの大木だな」


　左門が成二郎を揶揄しているころ、伊勢友ではお菜を抱いたおよねと一緒に、市助も主人と対面していた。お梶は体調が悪く、寝込んでいるらしい。

「徳俵さんから、おまえたちの話はすべて聞きました」

　ふたりは、子どもを取りあげられるのではないか、と不安の色を隠せない。

「心配はいりません。私も家から外に出してはいけないなどと、おまえを縛りすぎましたね」

「旦那さま……」

　泣きそうになるおよねに、友三郎は手ぬぐいを取りだし、それを手渡した。

「ところで市助さん、あんた、大工はあまり向いてないと聞きましたが」

「へぇ、たしかに力はありませんし、手先も不器用なので」

「では、どうかな。私のところで、帳簿の付け方でも修業したら」

いいんですかい、と嬉しそうな目つきで、およねに目を向けた
「旦那さま、では……」

「はいはい。おまえも、お菜の子守りはしっかり続けてもらいましょう。今後は外に連れだしてもかまいませんよ。ときどきは市助と一緒に、観音さまへお参りなどに行くのもいいでしょうねぇ」

およねと市助は、深々と頭をさげる。

「でも、お梶さまが新しい子どもを……」

友三郎はその言葉を聞いて、声を出して笑った。

「そんな心配はいりませんよ。使用人たちは、お梶がややを身籠ったと思っているようですが、お梶がときおり吐き気を催したり、胸を押さえていたのは、お腹が弱いからです」

「すると……」

「はいはい。私たちの子どもは、お菜だけです。今後も生まれはしません。お梶は残念ながら、そういう身体なのです」

「お可哀相に」

「なに、それはそれでいいのですよ。人にはひとの運命というものがありますからねぇ。それになによりお菜という可愛い子を天からいただきました」

するとと、頭をさげた市助が、表情を険しくしていった。

「厚かましいようですが……お願いがひとつだけあります」

「なんだね」

「……ときどき、お幸と呼ぶのを許してもらいてえ」

友三郎は笑みを浮かべて、

「そうですね、いいでしょう。許します」

「ありがてぇ、ありがてぇ、本当にありがてぇ」

市助が涙を流し、およねは泣き声をあげ、友三郎も目を潤ませていると、部屋に腹のあたりを押さえたお梶が入ってきた。

「およね。お菜を、いいえ、お幸ちゃんでもいいよ。みんなで一生懸命、育てましょう。ねぇ、一緒に、一緒に……」

お梶はお菜と呼び、市助はお幸と呼びかけていると、赤ん坊が、

「おぎゃぁ」

と答えた。

第二話　邪剣の恋

一

　裏神保町の早乙女屋敷に、双子の捕物名人がいるらしい、という評判が立ちはじめた。

　花川戸の火事と子どものかどわかしを、あざやかに解決してみせた、と兄の左門が触れまわっているからである。

　弟の右門は、派手な行動とは無縁であった。たとえば小袖をたたむ際も角々をきっちりとそろえ、食事のときも足を崩さない。

　謹厳実直(きんげんじっちょく)、真面目一方なのだが、反して兄の左門は、着物や履物も脱ぎっぱなし、手習いもいいかげんの金釘流。

　やることなすこと、ぐうたらである。

まわりから賢弟愚兄と揶揄されても、

「おれの心は一流、日ノ本一である」

と、まったく意に介さない。

ときどき、春川家の姫である喜多が、

「兄上なんだから、もう少し、ぴしりとしたらどうです」

と意見するのだが、

「顔は同じでも、姫の婚約相手は私ではないぞ」

と、これまたまったく聞く耳をもたず、呆れられているのだ。

といって、仲が悪いわけではない。

左門、右門、喜多姫の三人は幼馴染みのため、遠慮のない関係なのである。

いま、その喜多姫に、思わぬ災いが降りかかっていた。

九段下にある南條道場では、年に一度、剣術大会が開かれる。

道場には三羽烏と呼ばれる実力者がいて、左門、右門の早乙女兄弟と、永山景之進という男であった。

大会をおこなえばかならずこの三人が勝ち残り、三つ巴の戦いを繰り広げるのが常であった。

そして最後には、右門が一番を勝ち取る。

そんな大会が、ここ三年続いていた。

景之進にとってみれば、それが屈辱であったのだろう。

今回の大会では、ただ一番になってもつまらぬと、勝利の褒美として右門と喜多姫の婚約解消を要求した。

それがかなわぬなら、道場の師範代にしてくれ、と師の南條夕剣に迫るという暴挙に出たのである。

もちろん、右門も夕剣も受け入れるはずがない。

夕剣に無視をされた景之進は、どうやら目標を、喜多姫だけに向けたらしい。

それればかりか右門は、稽古のときに受けた景之進の邪な太刀筋に、不吉な変化を嗅ぎとってもいた。

しかし、左門はそんな話を聞いても、

「邪剣は危険に似ている」

などというだけだ。

心配しているのか、言葉遊びを楽しんでいるだけなのか、真面目な右門には判断がつかずにいるのであった。

大会に向けて、道場仲間たちは熱心に稽古に励んでいる。

当然、右門もいつもより木剣を振ったり、稽古相手を何人も変えたりと、準備に怠りない。

今日も道場でひと汗かいていると、夕剣に、奥座敷へ来るよう呼ばれた。

四十に近い年齢の夕剣だが肌の色艶もよく、道場主としての威厳があった。

「お呼びでございましょうか」

「おまえも気がついているであろうな……」

「景之進の太刀筋でございますか」

「あれは、私の教えに反しておる」

「はい、お師匠さまはいつも、剣は人を救うためのものだ、とおっしゃっておられます」

「そこよ。だが先日、おまえとの立ち合いで見せた、あの構えからの振りおろしの流れ……あれはまさに、人殺しのものだ」

「私も一瞬、驚き、そして恐ろしさを感じました」

「おまえなら、邪な思いを感じておると思っていた」

「あれ以来、景之進は稽古に顔を見せておりません」

「道場を辞めたわけではあるまい。おそらくは……」

どこぞでひそかに、あの構えからの流れを完成させようとしているに違いない、と夕剣はいう。

「そこまでするでしょうか」

「あの者なら、やりかねん」

「しかし、どうしてあのような邪剣を生みだそうとしたのでしょう」

「問題はそれよ。あやつの心に、なにか異変が起きたのかもしれん」

「それには、原因があるのでしょうねぇ」

「私もそう考えた。そこでだ」

夕剣は右門に視線を合わせる。一流の剣客が発する眼力は、思わず右門がたじろぐほどだった。

「おまえはなにやら、探索帳というのか……捕物帳を独自に綴っているらしいではないか」

「え……よくご存じで」

「近辺で知らぬ者はあるまい」

目を外した夕剣は破顔しながら、

「おまえの兄が、あちこちで触れまわっておるからな」

あぁ、と右門は思わず天を仰ぐ。

「そこでだ、おまえに頼みがある」

「……景之進の太刀筋が変わった原因を探るのですね」

「さすが、捕物名人。話が早いな」

「お師匠さままで、冷やかさないでください」

ふふふ、と夕剣は身体を崩して、

「双子の兄弟は、なにやら不思議な力を持っておると見ていたのだが、まさかそのような場面で発揮できるとはのぉ」

「お恥ずかしいかぎりです」

「そういえば、左門も道場にはいなかったようだが」

「はい。兄はいまごろ、甚五という盗人のところでしょう」

「いつも一緒に歩いている、正体不明の男であるか」

「兄も甚五本人も、盗人だと広言してますが……それも真実かどうか」

「どちらにしろ、あの甚五という男、ただ者ではあるまいな」

「そう見えますか」

「盗人にしては、目に汚濁がない」

「はい、私もそれを感じておりました。それに、真の盗人がみずからを悪党だと語りましょうか」

　夕剣は、わはは、と今度は声を出して笑った。

「ま、左門が付き合っているのは、そこを考えてのうえであろうからな」

「もしかしたら、甚五の真の顔を探るために一緒にいるのかもしれません。兄はそのくらいやる人ですから」

　さすが捕物名人は目のつけどころが違う、と夕剣は崩した身体を戻して、

「では、景之進の件、内密に頼むぞ」

「承知いたしました」

　右門は、ていねいに頭をさげた。


　左門は、右門の予想どおり鍋町の通りを歩いていた。

　甚五の長屋に向かっているのだが、通りを小柳町に入ったあたりから、左門は周囲に異変を感じていた。

「なんだ、なんだ、この殺気は……」

まっすぐ行くと甚五の長屋に着くのだが、殺気を背負ったまま向かうわけにもいかない。

「どうやら、この気配は……永山の馬鹿らしい」

かすかな殺気を受け止めた左門は、甚五が住む長屋前を通りすぎ、神田川方面に向かっていく。

柳原土手が見えてくると、後ろから聞こえる足音が高くなった。それでも、左門は止まらず、どんどんと進む。

土手に出ても止まらず右に曲がると、今度は駆けだした。

後ろの足音も、同じように速くなった。

しばらく土手を走り続けながら、左門は心の中で笑っている。

──あの永山ってやつは、本当に馬鹿だな。

にやにやしながら走っていると、柳橋が見えてきた。その先には、太鼓形の両国橋が見えている。

そこまで行って景之進をまいてやろうと考えていたのだが、ふと気持ちが変わった。

「あの馬鹿をからかってやるか」

にやりとつぶやくと、今度は踵を返し、景之進がやってくる方向へ疾走しはじめたのである。

追いかけていた相手が、いきなり自分めがけて突っ走ってきた姿を見て驚いたのだろう。景之進の足はぴたりと止まった。

みるみるうちに、左門は景之進の前までやってきた。

「やぁ」

速度はゆるめず、左門はそのまま景之進の横を駆け抜けたのである。

振り返らずに、左門は新橋から昌平橋の方向に走っていく。

筋違御門（すじかいごもん）まで来たところで、ようやく止まった。

振り返ってみると、景之進は動かずにこちらを見ているらしい。遠目なので豆粒のようだが、呆然としている様が感じられて、左門は大笑いをする。

「あの馬鹿、なにを考えているのか」

尾行の目的がどこにあるのかわからぬゆえに、よけい間抜けに思えた。

おそらく、剣術大会について話をしようとしたのだろう。

自分が師範代になるといいたかったのか、それとも、喜多姫を自分のものにするのだ、とでも宣言したかったのか。

だが、たとえ景之進が逆立ちしたところで、夕剣が師範代に指名するわけがない。なるならば、右門だろう。

さらに、喜多姫を右門から奪おうなどとは、もってのほかである。

――そんなことは私が許さぬ。

喜多姫は、自分にとっても大事な女なのだ……。

おや、女とはいいすぎたか、と左門はにやりとすると、

「大事な幼友達だからな」

いい直して、柳原土手から左に曲がり、数丁進んでからまた左に折れ、ふたたび鍋町の通りに出た。

「甚五の長屋が、こんなに遠いとはなぁ」

ぼやきながら、小柳町に足を踏み入れていく。

二

三味線の名取審査が近づいていた。

喜多はそれに向けて、稽古に励んでいる。当初、喜多の父は、娘が三味線を習

うことにあまりよい顔をしなかったが、愛娘の楽しげな表情と、名取目前にまで励んだ努力を見て、いまでは応援してくれるようになっていた。

三味線の師匠は、藤原天目（ふじわらあまめ）といい、三十路を過ぎたあたり。住まいは九段下で、南條道場とは目と鼻の先である。

溜め池に飛んでくる、水鳥の羽ばたきを聞きながらの稽古は楽しい。

それより、喜多が楽しんでいるのは、天目に目をつけている男衆が大勢いることだ。

当然、弟子のほとんどは、武家の娘やお店の娘、妻女たちだが、男がいないわけではない。近所の旦那衆やどこぞの若旦那などが、天目を目あてに通ってくる。

しかし、喜多が興味を抱いていたのは、なんと、南條夕剣との仲であった。

お互いに、近所付き合いというだけだ、といっているが、

「あれは、ただの仲ではありませんね」

ふふふ、と笑みを浮かべながら、喜多は右門に告げたことがある。

まさか、と笑った右門だったが、

「もし、そうならおもしろい」

と顔をほころばせた。しかし、左門の反応はまったく異なっている。

「馬鹿な。夕剣師匠が、女などに心を奪われるわけがないわい」

いきなり怒りはじめると、ふたりから離れていったのである。

喜多としては呆れるしかない。

「なんです、あの左門さんの態度は」

「兄上は、夕剣師匠を尊敬してますからね」

「あら、尊敬していたからといって、おなごに惚れてはいけないという道理はありませんよ」

「そういう人なのです、兄上は」

「どんな人なのですか。私にはわかりかねます」

「つまり……なんといいますか」

「女嫌いですか」

「ちょっと違いますねぇ」

家臣の誰かが、左門は奥手だといっていた言葉を思いだし、

「兄上は、奥手なのです」

「奥手……ですか。それは気がつきませんでした」

「まぁ、本人も気がついてはいないでしょうけどね」

　なるほど、と喜多は深くうなずいた。

「たしかに、奥手といわれたら感じるところはありますね……」

　そんな会話を、つい天目師匠の前で思いだしてしまい、思わず喜多は微笑んでしまった。

「喜多さん、なにを笑っているのです。もっと真剣になりなさい」

「あ、すみません、いまふと、夕剣さまのことを思いだしていたもので」

「夕剣さんですって」

　不審な目をされて、喜多はあわてていいかえた。

「あっ、南條道場で小さな揉め事が起きていると聞いたので、それが心配なのです」

「まぁ、どんなことですか、それは」

　天目が、抱えていた三味線から手を離す。

「じつは……」

　この際、聞いてもらおうと喜多は決心する。

　悩んでいてもはじまらない。天目ならば、なにかいい思案を授けてくれるかもしれない。

五日後に剣術大会が開かれ、おそらくはこれまでどおり、三羽烏といわれる三人の三つ巴戦になるだろう、と話しはじめた。

「剣術大会についてなら、私も聞いています」

だけど、それが原因で揉めているとは聞いていないらしい。

「三羽烏のふたりは、早乙女家の双子兄弟なのですが、もうひとり、永山景之進という人がいます」

「名前は聞いたことがあるような」

「その景之進がいったのです……」

自分が一番になったら、右門に喜多との婚約を解消するように、と……。

「まぁ、なんてことでしょう」

「そのことで、道場内が少し揉めてしまったらしく、私も名前が出た以上、無関係な顔ではいられなくて」

「……なるほど。でも、笑うような内容ではありませんね」

「申しわけありません。思いだしたのは、それではなく……」

「なんですか。稽古中ですよ」

「すみません。双子兄弟との会話を思いだしている途中に、ふとしたときに交わした会話が浮かんできてしまったのです。そのなかで右門さんが、兄上は奥手だ、とおっしゃられまして」

「兄上というと……左門さんが奥手、ということですか」

「はい、奥手です」

「へぇ、そうなんですか。とても奥手には見えませんが」

「はい。全然見えないのに、そうなんです」

思わず目線が合って、天目と喜多は笑いだした。

「それなら、しかたありませんね。でも、名取に向けての稽古ですからね」

天目は、さぁ、おさらいしましょう、と三味線を抱え直す。

「それに、景之進の言葉など気にする必要はありませんよ」

「そうでしょうか」

「もちろんです。あなたには早乙女右門という、私から見ても、誠実で真面目で、真摯な生き方をしている人がついてます」

「そうですね」

「それに、南條道場では一番の腕前でしょう」

「はい」

「ならば、気にせずに」

さぁ、稽古、稽古、と天目は姿勢を正した。

甚五が不思議そうな目で、左門を見ている。

「どうしたんです、にやにやして」

「こんな顔なのだ」

「まぁ、それは知ってますが、はは ぁ、またなにか悪戯をしてきましたね」

長火鉢の場を譲った甚五が、立ちあがって一升徳利を運んできた。

それを一合の銚子に移し替えながら、

「喜んでいるようにも見えますが、内実は怒っていますね」

「おまえは、人の心まで読むのか」

「心を奪えるんですから、読むのは簡単です」

「へぇ、どうにも、おまえは怪しいなぁ」

「なにが怪しいんです」

「ただの盗人にしては、学がある」

「こんな話は、学とは関係ありませんや」

「そうか、学と書くは似ているな」

「……なんの謎かけです」

「学がある者は、書物もよくやるという意味ではないか」

「へぇ、さいですか。気がつきませんでした」

長火鉢を前にして横になった左門は、甚五が器用に酒を銚子に入れ替えて、それを銅壺に置く手先を見ている。

「おまえのその指先は、竹刀たこではないのか」

「かまをかけているつもりでしょうが、だめです」

「ふむ、失敗か」

「なにがいいたいんです」

「さぁ、自分でもよくわからん」

銅壺から離れた甚五は、そういえば、とにやりとする。

「なんだ、その目つきは」

「どんな目つきです」

「……目つきと嘘つきは似ているな」

「俵の大木さんが、またあわててましたよ」

左門の言葉を無視して、甚五が笑った。

「ふうん、今度はなにが起きたんだ」

「さぁ、はっきりは調べていませんが、なんでも西方寺に、若い男の死体が投げ捨てられていたそうです」

「西方寺といえば、聖天町（しょうでんちょう）にある投げこみ寺か」

「へぇ」

西方寺の近くには吉原があり、遊女たちの投げこみ寺としても知られていた。

「その寺には、二代目高尾太夫（たかおだゆう）の墓もあるそうではないか」

高尾太夫は吉原では第一の人気者とされ、それに見合った女たちに代々、名が継承されていた。二代目は、仙台藩主の伊達綱宗（だてつなむね）の意に添わなかったため、十九歳のときに惨殺されたという噂まで広がっている。

「へぇ、左門さまは、吉原の遊女にもご興味がおありですかい」

「ないな。まったくない。あえて興味があるとすれば、その死体の男が、どこの誰かということだ」

「そこまでは知りません」

「なら、話に出すな」

「おや、それで満足なんですかい」

「いや、満足ではない。もっと知りたい」

「とりあえず、右門さんの捕物帳をのぞいて見たらどうです。本当に俵さんが探索にあたってるのなら、右門さんもかかわっているかもしれませんぜ」

それも手だな、と左門はうなずき、銅壺から銚子を取りあげた。

「盃がないぞ」

「そのままどうぞ」

まさか、といいながらも左門は、銚子を口元に運んだ。

「熱いからお気をつけて」

注意する甚五の声に、ふむ、とうなずいてから、舌先でちょんちょんと銚子の口元を舐める。

「大丈夫らしい」

今度は銚子に口をあて、ぐい、とひと飲みすると、ぐびぐびと喉を鳴らしながら流しこんだ。

「美味い。これはいい酒だ。どこから盗んできた」

「早乙女家からです」

「なんだと」

「冗談ですよ」

「おまえがいうと本気に聞こえる。なぜかわかるか」

「さぁ、どうしてです」

「まことのことだからよ」

「では、お父上にお伝えください」

「なにをだ」

「いい酒をありがとうございました、と」

「なんだって」

「あ、それともうひとつ。屋敷の警護はしっかりしておいたほうがいいです、ともね」

「こいつめ、本当にやったんだな」

「まさか。冗談を本気にしてはいけませんよ。それにねぇ、早乙女家には剣術自慢の双子がいますから。とくに兄貴は狂犬らしいですしね。そんな危険なところに忍びこむような馬鹿はいません」

「狂犬だと」

「狂犬は、なにに似てますか」

「……わからん」

「人は自分のことはわからねぇ、といいますからねぇ」

「そうなのか」

「岡目八目というでしょう」

「なるほど……いや、なんだかよくわからんが、まぁ、いい」

三

四半刻後、左門は甚五と一緒に聖天町にいた。

西方寺に投げこまれた若い男が誰なのか調べたい、という左門の言葉に、甚五がしぶしぶついてきたのである。

「しかし、もの好きですねぇ」

「それは、几帳面に捕物帳など綴っている弟のほうであろう」

「いやいや、その中身を聞いて楽しんでいる兄貴も変人……いや、狂犬です」

「変人と狂犬は似ても似つかぬぞ」

「そこを狙ったわけではありませんから」

「ふうん、そうなのか。ならいい」

「でも、どちらにも近づきたくはありませんねぇ」

「……ならば、ついてくるな」

「おや、ご自分で狂犬と認めましたね」

「……ついてきてもかまわん」

すたすたと先を歩く左門の背中を見て、忍び笑いをしながら甚五は追いかけた。

西方寺に着くと、果たして、右門の背中が見えた。筆を持っているように見えるのは、帳面をつけているからなのだろう。

「おっと、これはくわばらくわばら」

「どうした。雷は鳴っておらぬぞ」

「右門さんがいるとなれば、そばに俵の大木もいるにちげぇねぇ」

「わはは、たしかにな」

では、あっしはここで、と甚五は左門から離れていく。だとしても、どうせ、どこぞで聞き耳を立てているに違いない。

左門が近づいていくと、右門は振り返り、

「やはり来ましたね。そんな気がしていました」

「さすが弟であるぞ」

「双子ですから」

その答えに笑っていると、徳俵成二郎が寺の境内から抜け出てきた。

大きな身体を縮めているのは、癖とはいえ、あまりいい調べにならなかったからだろうか。

左門の姿を見ると、一瞬、顔をしかめる。

「なんだ、その顔は。前回の謎解きには、おおいに貢献したではないか。奉行所から金一封をもらったとしても、罰は当たるまい」

その言葉を無視した成二郎は、右門のそばにいくと、耳元に口を近づけささやいている。

西方寺で聞いた話を、右門に教えているらしい。

右門はうなずきながら、帳面に記していく。

左門は、じっと右門の手の動きを凝視していた。

「なるほど、男の身元はわからぬのか」

つい言葉に出してしまった。

大きな身体を振り返らせた成二郎が、左門を睨んだ。

「そこから見えるのですか」

「あたりまえだ。私たちは双子だからな、弟がどんな文字を書いたのか、頭のなかがのぞけるのだ」

「まさか」

「だから、私に隠そうとしても無駄なのだよ」

わはは、と大笑いすると、右門に近づいた。

「確かめたいことがあるのだが」

「はい、どうぞ」

右門は、帳面を左門に差しだした。

「いけません、だめです、無理です」

成二郎があわてて、帳面の上に覆いかぶさってしまった。

「大きな図体でなにをしておる」

巨体を引きはがそうとしても、微動だにしない。

「まったく、なにを考えているものやら」

覆いかぶさったまま、成二郎は叫ぶ。

「前回はたしかに助けになりましたが、いつもそうなるとはかぎりません」

「しかし、私たちが捕物名人である事実は隠せぬぞ。その力を、はっきり見せてあげたではないか」

「左門さま、おひとりの力ではありません」

「それはつまり、双子が持つ神秘力ではないか」

「だめです、だめといったらだめです。なにをいわれても聞く耳は持ちません」

「……まぁ、よいわ。とにかく男の身元は不明らしいからな。わかったら右門に聞くから心配するな」

「それはやめてください」

ようやく身体を起こした成二郎は、今度は右門へ顔を向けて、

「兄上に帳面を見せるのは、ご法度です。それを破ったら金輪際、探索の介添人にはしませんので、そのおつもりで」

はいわかりました、と右門は素直に答えた。

左門は、

「兄より俵に身を寄せるのか」

しまった。

と不満を見せるが、右門は、では兄上、といって成二郎と一緒に離れていって

「なんだい、あれは」

不服そうな顔をしていると、音もなく甚五が現れた。周囲を見まわしているの
は、成二郎が戻ってこないかと確かめているのだろう。

そんな仕草を見ても、甚五はただの盗人ではないな、と左門は心のうちでつぶ
やくのである。

「どうであった。なにか情報を仕入れることはできたのか」

「あの俵の大木は、たいした役者ですぜ」

「……どういう意味だ」

「西方寺の小僧から聞いた話ですが、投げこまれた死体は、お守りを首にさげて
いたそうです」

「ふうん」

「そのお守りは、日光東照宮のものだったそうで」

「日光だと。それはまた、遠いところのお守りを持っていたものだ」

「へぇ、坊主がそれを外してみたところ、持ち主の名前が書かれてあったらしい

のです」

「ふうん、すっかり大木と弟にしてやられてしまったではないか」

「あのとぼけかたは、まさに役者顔負けですね」

「だからといって、役者が探索名人に通じることはあるまい。名優は迷走に似てるではないか」

「……無理にくっつけねぇでもいいと思いますがね」

「ううむ。それにしても、あの大木に出し抜かれたか」

悔しい、といいながらも、なんだか左門は喜んでいるようだった。


五日後に控えた名取の審査に向けて、三味線の稽古に対する喜多の思いは、どんどん深くなっていた。

師匠の天目も、なんとか名取にしようと、いつもより厳しい稽古が終わったところで、

「少し気を休めたほうがいいわね」

と、三味線をしまいながらいった。

「そんな気持ちにはなれません……」

厳しい稽古が終わった安堵感で、喜多は足を少し崩す。

「そうだろうねぇ。では、ちょっとした話があるのですが……いまは、やめておきましょうか」

「話とはなんですか」

「日本橋通町（にほんばしとおりちょう）にある、呉服屋さんで松前屋をご存じですか」

「あぁ、松前屋さんなら、ときどきうちの女中や腰元たちから話を聞いてます」

松前屋は、通町と駿河町の角にあって、武家を相手にする大店だ。

早乙女家も懇意にしていて、ときどき番頭が、新しい呉服が入りました、とまわってくるのである。

「その松前屋さんから喜多さんに、お願いがあるそうなのです」

「まぁ、なんですか」

「松前屋さんの若旦那に、男の子が生まれたことは知ってますか」

あぁ、と喜多はうなずき、

「それなら聞きました。先日、屋敷にまわってきた番頭さんが、喜んでいましたよ」

そういいながらも、喜多は目を伏せる。

その仕草を見て、天目は怪訝な表情を見せて、

「あら、その顔は、なにか含みがあるようですね」

「あまり大きな声ではいえませんが……」

一度、断ってから喜多は、噂話でしかない、といいながら、

「昨年の冬、大旦那に、後添いのかたが入ったんです」

「そうらしいですねぇ」

「その後添えさんについての愚痴を、聞かされてしまって」

「まあ、番頭さんが……それはいけませんねぇ」

「そうなんですけどねぇ」

うなずきながらも、喜多はかすかに眉をひそめた。

「後妻さんは……お光さんといいますが、そのお光さんが、どうも若旦那のことをないがしろにしている、というんですよ」

「なさぬ仲ですからねぇ」

「たしかに、難しい関係なのかもしれませんね」

天目と喜多は一緒に、どうしたらいいのか、と首を傾げるしかなかった。

「そんな話を聞いてしまうと、松前屋さんのお願いも断ったほうがよさそうです

のですよ」

松前屋の跡継ぎが生まれた祝いに、盛大な宴会が開かれるのだという。

「そのときにお座敷を設けるから、賑やかしに来てくれないか、というお願いな

ね」

「一応、どんなお話かお聞きします」

そうですか、と喜多はうなずき、

「であれば、おめでたいお祝いですからね。ぜひともうかがいます、とお伝えく

ださい」

「あら、いいのかしら」

「はい、番頭さんの話が本当かどうか、興味もありますから」

悪戯っぽい笑みを浮かべる喜多を見て、

「まぁまぁ、さすが天下一の捕物名人、早乙女右門さまの許嫁ですねぇ」

ふたりは、声を合わせて笑った。

師匠と別れて九段の坂道に出ると、

「おや、夕剣師匠ではありませんか」

喜多に声をかけられた夕剣は、おっ、といいながら、悪いところを見つかったというような、照れた表情を見せる。

「どちらへ……あ、天目師匠のところですね」

「あいや、そうか、そういえば、天目さんの住まいはすぐそこであったな」

「……そんなおとぼけをされなくても」

「あいや、とぼけているわけではないのだが、ううん、そうか、こんな近くにあったとは」

「ふふふ、天目師匠はいま稽古が終わったところですから、会えるかもしれませんよ」

「なんと、それは奇遇。私もいま稽古が終わったところであったからな」

「それなら、どうぞ……と私がいうのもなんですが」

こんなにあわてて、おかしな文言を話す夕剣を左門や右門が見たら、いったいどんな顔をするだろうか。そう考えると、思わず笑みがこぼれた。

「なんとな、その笑顔はなんであろうか」

「お気になさらずに、どうぞ」

道を開けて、喜多は坂をのぼっていく。

「私は、最初から天目さんのところに行くつもりではなかったからの。くれぐれも……」

後ろからいまだ聞こえてくる夕剣のいいわけがましい叫びを、にやにやしながら背中で聞き流す喜多であった。

四

松前屋の宴会は盛大だった。

普段は、客と商談をする大部屋を整理して、そこに膳を並べ、尾頭付きやら煮物、焼き物、果物、とあらゆる味覚が楽しめるようになっている。

酒を飲める客の前には銚子が置かれ、下りものの一級品が好きなだけ飲めるように取り計らわれていた。

「さすが、松前屋ですねぇ」

「お孫さんが生まれたことが、よほど嬉しいんでしょうねぇ」

天目と一緒に参加した喜多は、わくわくしている。

「これだけの人の前で、芸を披露できるんですからね。お師匠さんのもとで修業に励めて、私は本当に運がいいです」

「あなたが呼ばれたのは、それだけの実力があるからですよ」

「推薦していただいて、ありがとうございます」

ほほほ、と天目は座りながら、客の顔を見まわす。

「あら、あのかた……」

「あ、夕剣師匠ではありませんか」

遅れて入ってきた総髪の男は、まさに夕剣であった
黒紋付を着ており、いつもの薄藍色の羽織袴姿とは違った様相だ。

「お師匠さん、夕剣さんはこんなところに出ても、立派な押しだしですね」

先日、坂道で会ったとはいわずに、かまをかけてみる。

「そうですねぇ、目立ちますねぇ」

天目はうっとり顔である。

確実にこのふたりは好きあっていると思うのだが……お互いの立ち場があるからなのだろう、仲は進展していないらしい。

「お師匠さん、私は応援してますよ」

「あら、なにを」

「ふふ、しらばっくれてもだめです」

「なにをいってるんだろうねぇ、この子は」

照れ隠しに、襟などを引っ張ったりすると、夕剣が天目を見つけて近寄ってきた。

「あいや、天目どのもお呼ばれされていましたか」

顔がほんのり赤くなっているのは、果たして酒が入ったからだろうか。

「はい。夕剣さんも」

となりにいる喜多は、ふたりの他人行儀な会話を笑いながら、

「夕剣師匠、ご無沙汰しております」

「お、おう、そうだ、そうであったな」

あわてる夕剣の様子を楽しみながら、喜多は聞いた。

「おひとりですか」

「右門は連れてきておらぬぞ」

「それは存じております」

「そうであろうなぁ。今日はひとりで来たのだが、なにかいいたいことでもあるのかな」

夕剣は喜多の目を見て、あぁ、そうか聞いているのか、とうなずいた。

それを受けて、喜多は夕剣に伝えた。

「右門さんからお聞きしました」

「ふむ、喜多さんは当事者であるからなぁ」

気になるであろう、と眉をひそめる。

そうですねぇ、と喜多の顔が曇った。

「それでも、こんなところにまで、景之進が追いかけてくるとは思えぬからのぉ。

あまり気を病まずともよいと思うのだが」

「しかし、永山さまは正気を失っているのではないかと、右門さんが」

「たしかに、それはいえるかもしれぬ」

「そのような状態では、なにを起こすかわかりません」

喜多は、つと夕剣に目を合わせる。

「お師匠さまも、おひとりでは出歩かないほうが……」

「それをいうなら、喜多さん、あなたのほうだ」

「えぇ……」

「今後は、できるだけ右門と一緒にいたほうがよいな」

「そういたします」

「私は、一応、剣術が得意でなぁ」

ふふ、と夕剣は口元をゆるめながら、

「十分に注意は払っておるから、心配は無用であるぞ」

最後の言葉は、喜多よりも天目に向けられているようであった。

そこに歓声が湧いた。天目が耳元でささやく。

「松前屋の大旦那、三津右衛門さんですよ」

部屋に入ってくる姿は、恰幅がよく色艶もいい。

いかにも、大店の主人といった雰囲気を漂わせていた。

さらに続いて入ってきたのが、若旦那夫婦であろう。にこやかに笑みを浮かべて、座についた。

「あれが、若旦那の季一郎さん。そしてとなりにいるのが、お内儀のお品さん」

天目が解説をしていると、いそいそと遅れて入ってきた女がいた。

「あれが、三津右衛門さんの後添え、お光さんです」

若夫婦はいかにも人のよさそうな雰囲気だが、お光はどこか崩れた感じに見受けられた。

「後添えは、いろいろいわれて大変でしょうねぇ」

ことさら、ささやき声で天目がいう。

「いろいろとは、なんですか」

「身代目あてだろうとか、三津右衛門さんを食い物にしている、とかね」

「まぁ、そんな噂があるのですか」

「前のお内儀さんが亡くなってから、まだ一年しか過ぎていませんからねぇ」

「そうだったんですねぇ」

「ご挨拶が済んだら、私たちの出番ですからね」

心の準備をするように、との言葉である。

三津右衛門が首座(しゅざ)につくと、おもむろに場を見まわす。

「みなさま、今日はお忙しいところ、わざわざ足をお運びいただいて、ありがとうございます」

三津右衛門のお辞儀にあわせて、客たちもいっせいに頭をさげる。

続いて、となりに座っていた男が声をあげた。

「一番番頭の富助(とみすけ)と申します。みなさまのご健康を祝しまして、今宵はぜひとも、宴を楽しんでいただきたいと思います」

と、そこにお光の声があがった。

「あら、孫が生まれたんですから、それだけではいけませんでしょう」

「あ、はい」

「孫の正一郎誕生も、みなで祝ってあげてくださいよ」

富助は息を荒くして、ええ、そりゃあもちろんですとも、と答えたのである。

みなが思い思いに酒を注ぎ、女中たちも忙しく酌をしていく。

天目はなみなみと酒を注いでいたが、喜多はほんの少しだけ注ぎ、唇を湿らす程度であった。

松前屋の家族はことさら嬉しそうに盃を傾けていたが、

「おや、三津右衛門さんの様子が変ですよ」

天目の声を聞いた喜多は、目を首座に向ける。

「あら、顔が歪んでいます」

「ま、大変、大変」

どうしたことか、三津右衛門が酒をこぼしつつ、顔を苦痛にゆがめていた。

異変にすぐ気がついたのは、若旦那の季一郎であった。

手を伸ばして三津右衛門を支えようとしたが、そのまま、膳部の上に倒れこんでしまったのである。

口から血が混じった泡や液体を吐き、そのうえ痙攣(けいれん)を起こしている。

叫び声が聞こえ、大旦那、大旦那、と呼ぶ声が部屋に響き渡り、

「医師を」

「お役人を」

なかには、坊さんが必要か、などと、まさに混乱の極み、阿鼻叫喚(あびきょうかん)の図が繰り広げられたのである。

そんなとき、もっとも的確な動きだったのは、夕剣である。

さっと膳を飛び越えると、わめきちらかしている連中を掻き分け、

「すぐ医師を」

と、店の者に適切に指示をした。同時に、首筋に手をあてると、

「誰か手伝え」

といって、三津右衛門の身体を抱え、部屋の中央に連れていく。

横にすると、胸のあたりを叩きはじめた。

そんなことをしていいのか、と問う季一郎とお光の声を無視して、何度も心の臓あたりを叩き続ける。

「こうしていると、運がよければ心の臓が動くのだ」

天目がそばに寄って、手伝うことはないか、と問う。

「とにかく医師と役人を。それに、三津右衛門さんが飲んだ盃を保管しておいてほしい」

天目はすぐさま、膳のあったところまで戻り、盃を取りあげて懐紙で包んだ。

「お役人は私が」

叫んだ喜多が、部屋から飛びだした。

屋敷の外に出ると、角にある自身番に飛びこみ、

「すぐ、徳俵さんを呼んでください」

将棋を指していたふたりが、どうしたんだ、という目で見つめる。

喜多が事情を説明すると、ふたりはすぐさま立ちあがり、

「松前屋さんからは、いつもご祝儀をいただいているんだ。すぐ助けにいこう」

ひとりが奉行所へ伝えるべく外に飛びだし、ひとりは、倒れたところに連れていってくれ、と壁にかかっていた刺股を手にする。

「部屋にいた誰かが下手人かもしれねぇ。これで、逃げようとする野郎をくい止めるんだ」

喜多が、はい、と答え、ふたりは一気に外へ駆けだした。

五

一刻ののち、松前屋の大部屋は、役人の姿で埋まっていた。

そのなかに、徳俵成二郎と右門の姿もあった。

大勢の小者たちが来て周囲を警戒しているのは、やはり、この場にいた者の仕業だと考えられていたからである。

「そんな人は、このなかにはいませんよ」

お光が憤慨している。

「それより、松前屋さんはどうしているんだい」

成二郎が、お光の顔を見つめる。幸いというべきか、まだ三津右衛門が息を引き取ったとは聞いていない。

「奥に寝かせています」

「息はあるんだな」

「勝手に殺さないでください」

「……そういう意味じゃないが、すまねぇな」

大きな身体を小さくして、成二郎が恐縮する。

気を取り直すように、お光がいった。

「客人のひとりの夕剣さんが、機転を利かせてくれました。おかげで命が助かったようなものです。感謝しないと」

「へぇ、あの真面目に見えて、女好きな南條夕剣か」

「……女好きなんですか」

驚いて聞いたのは、となりにいた右門である。

「聞くところによれば、音曲の師匠にぞっこんらしいですからね。右門さんもご存じなのではないですか。あの喜多さんのお師匠さんの……」

「ああ、はい。存じております。ですが、それは女好きというのでしょうか。男がおなごに惚れるのは、普通のことでしょう」

「う……そうかもしれません……」

右門の前では、いつもの目立ちたくない成二郎に戻ってしまうらしい。

そのとき、

「やぁやぁ、これは大変だ。どうなっておるのだ、三津右衛門はもう死んだのか。

それにしても、祝の席で倒れるとはついてない男だなぁ」

大きな声でやってきたのは、左門である。

いつもなら甚五がそばにいるのだが、成二郎がいるところには行きたくねぇ、と例によって店の前で姿を消したのであろう。

今日の左門は薄墨色の着流しで、あたかもどこぞのはみだし御家人のような格好のためか、ことさら無頼漢に見えた。

「兄上、そんな態度はやめてください」

「お、捕物名人の右門さんの顔も見えるぞ」

「なにをふざけたことを」

成二郎が、帰ってください、と左門の胸を押した。

「いてぇ、いてぇ。死んだら化けて出てやるから覚悟しろよ。そうだ、私が死んだら、右門も生きてはいられねぇな。どうだい、双子の亡霊ってぇやつさ。俵さんの心が耐えられるかどうか」

わざと伝法な言葉で応えた。

「……馬鹿なことを」

そう答えて、いやな顔をする成二郎であったが、化けて出る双子の幽霊を想像してしまったのか、大きな身体をびくんと震わせた。

左門と成二郎のやりとりは、まるで猫が大きな鼠とじゃれているように見える。

そんなことを思いながら、喜多は前に踏みだした。

「左門さん、いいかげんにしなさいよ」

「おや、これは春川の姫さま。今日はいっそう見目麗しく」

「馬鹿」

「ひひひ」

わざと下品な笑い声をあげる左門に、

「左門、そのへんでやめておけ。ここの主人が、泡を吹いて倒れたのだぞ。自重せよ」

叱責する夕剣の顔を見た左門は、しまった、という面相を見せると、

「お師匠さま、今日はいちだんと……」

「あぁ、もうよい、やめろ。ところで徳俵さん、盃はどうしました」

「いま、医師に見せているところです」

「毒でも塗られているのではないか、と思っているのだが」

「もし、そうなら、使用人も全員調べなければいけませんね」

右門がいいながら、帳面に記している。部屋のあちこちを見まわしながら、気がついたところも書き残しているようだ。

「捕物名人の弟よ、その捕物帳を見せよ」

「いいですよ」

「ですから、やめてください」

すぐさま、成二郎が帳面を奪おうとする。

「……あなたたちは、三馬鹿将軍ですね」

喜多の呆れ顔に、一緒にされた成二郎が不服そうな顔をする。

旦那、という声がして、小者がやってきた。その横にいるのは、坊主頭だった。

しかし袈裟姿ではない。どうやら医師らしい。

「順庵さん、毒でも盛られていましたか」

待っていたという顔で、成二郎が問う。

「それが、不思議なことに、匂いもしなければ盛られたような痕跡もない。いろいろ試してみましたが、それらしき毒は見つかりませんでした」

「まさか……」

「あの盃が原因ではありませんよ」

坊主頭を撫でながら、順庵は答えた。

唸る成二郎とともに、夕剣も、それは面妖な、とつぶやく。

と、筆を走らせながら右門が確認した。

「三津右衛門さんが倒れたのは、盃とは関係がないというんですね」

「いまのところ、そうだな」

「たとえば、心の臓が弱っていたとか」

「それも考えておかねばなるまいなぁ」

「では、原因はなんでしょう」

「さぁなぁ。原因不明としかいいようがないな」

会話を聞いていた左門が、やぶ医者め、とつぶやいてしまう。

順庵は、じろりと左門を睨みつけると、

「あなたが早乙女さまのご子息でなければ、ここで毒を飲ませていましたよ」

「毒と徳は似ている」

「……なんですか、それは」

ふたりの間に喜多が入って、順庵をなだめる。

「すみません、この人はときどき、意味不明の言葉を発するのです。私に免じて

させた。
「ありがとうございます、と喜多は左門の頭を押さえつけると、一緒に頭をさげ
「しかたありません、姫さまに免じて、ここは毒を我慢いたしましょう」
どうかお許しください……」

盃に毒はなかったと判明したおかげで、足止めを食っていた客たちは、自宅に戻ることができた。

半刻後、双子と喜多の三人は、柳屋に入っていた。甚五も駆けつけて、三津右衛門の一件は事件か、それとも病なのか、と推量を語りあっているのである。

「あの倒れかたは、病とは思えませんでしたねぇ」

喜多は、間違いなく人の仕業だと断言するのだが、左門は、そもそも、あのやぶ医者が信用ならぬ、と憤っている。

「なにが原因不明だ。わからぬとは何事か」

「そんなことをいっても、しかたありませんよ」

右門は捕物帳を開きながら、

「宴のときの客たちの配置を聞きだしました」

そこには、きちんとした図面が描かれてあり、客の配置がていねいに記されていた。

「おまえは剣術を習うより、大工にでもなったほうがいいのではないか」

「そうかもしれませんね」

あっさりと肯定されて、左門は苦笑してから、

「それにしても、夕剣師匠と天目さんは、どうなっているんだ」

「そんな話はあとにしましょう」

右門は生真面目に話を戻しつつ、

「三津右衛門さんの家には、いろんな噂がありましたね」

そういって、甚五に目を向けた。

「いろいろ聞いてきたんでしょう」

右門の指摘に、へへへ、と甚五は苦笑いしながら、

「へぇ、まぁ、いろいろといいますか、出てきた話のほとんどは、後妻さんについてですけどねぇ」

「私が調べた内容と違うところがあったら、教えてください」

右門が帳面をくりながら、語ろうとする。

「この場でそんな話をしてもかまわぬのか」

左門が問うと、右門はすぐさま、かまいません、と答える。

「どうせ成二郎さんも、私が兄上に情報を漏らすと覚悟してます。そのうえで探索に利用したいのでしょう」

「なるほど、弟よりも優れた、捕物名人の兄の力を借りたいのだな」

「そのとおりです」

「…………」

「なので、私の調べからなにか見つけてください、よろしくお願いしますよ、捕物名人の兄上」

「おう、まかせておけ」

使用人たちの話からは、三津右衛門に対する非難やら嫌味などは、まったく聞こえてこなかった、と右門は説明する。使用人たちにとっては、とてもよい主人だったらしい。

「だから悪評のおもなものは……お光さんについてですね」

「となると、後妻になにか裏があるのかもしれないな」

「お光さんの生まれは、上州のようですね。そこから、どうして江戸に出てきたのかは、誰も知らないようです」

するど、甚五が付け加えた。

「どうやら、お光には前夫がいたらしいですぜ。三津右衛門は、ふたり目の亭主というわけです」

「はい、それについては、私も聞いております。ただ、その前の旦那というのは、どこの誰かはわかりません」

甚五に向ける右門の目は、どことなく冷ややかだった。右門は、あまり甚五について、心安さは感じていないらしい。

そんな雰囲気を甚五本人も感じているためか、三人から少し離れて、右門の目に入らないよう気を遣っていた。

「そのうち、判明するかもしれません」

「はい、そのときは、よろしくお願いいたします」

甚五がていねいに答える。

へぇ、と甚五も頭をさげる。

そんなふたりのやりとりに、左門は、他人行儀だなぁ、と顔をしかめながら、

「しかし、お光には謎がいろいろありそうではないか」

「使用人たちのなかには、新しいお内儀さんはなんだか気持ちが悪い、などといった者もいました」

「どう気持ちが悪いんです」

喜多が眉をひそめて訊ねる。

「さぁ、理由まではなんとも……」

「いくら後妻さんだからって理由もなく悪評を立てるなんて、あまりにも可哀相ではありませんか」

「どうしても、まわりは前の内儀とくらべるのであろうよ」

訳知り顔にいう左門に、喜多は背筋を伸ばして、

「左門さんも、そうなのですか」

「いや、私にはそのような偏見はない」

「真剣に答えてますか」

「もちろん、私の名誉にかけて」

ふたりの会話を聞きながら、右門は帳面をめくると、いった。

「どうでもよい会話を楽しんでいるひまはありません。これは事件です」

甚五は、やかましく意見を交わしている三人の顔を見くらべながら、わからな

いように深いため息をつくのであった。

六

南町吟味方与力、徳俵成二郎は困惑していた。

「お光さん、それは本当のことですか」

八丁堀の役宅を訪ねてきたお光が、前に座っている。

右門の捕物帳に記されているとおり、なんとなく不思議な雰囲気を持つ女であった。

なにが原因なのか、どこが人と違っているのか、はっきり言葉にはできない。

しかし、ふと成二郎を見つめるとき、膝をそろえながら目を向けられたときなど、その瞳に狂気が隠されているような、座り心地の悪い雰囲気が漂ってくるのである。

ただの思いすごしであろうか、と成二郎は自問する。

薄桃色の小袖を豪奢（ごうしゃ）に着込み、ぴたりと座っているせいかもしれない。あるいは、もともとそんな雰囲気を醸しだす人間なのかもしれない。

そのどれも違うのかもしれない……。

成二郎は、吟味方与力の目で観察しようとするが、

――下手人の詮議のようにはいかねぇなぁ……。

つい、こぼしてしまう。

「昨日、あの盃は私が使う予定だったのです」

そういって、お光は成二郎を訪ねてきたのだった。

「それが本当だとしたら……」

「いうまでもありません、狙われたのは、私です」

ぴたりと目を合わされて、成二郎はたじろいだ。

「そうですか。しかし、あの盃には毒など盛られていなかったんだがなぁ」

つまりは、三津右衛門も狙われていたわけではないかもしれない、と成二郎は暗にほのめかしたのである、
しかし、お光はその応対に満足がいかぬようであった。

「お役人さま、もっとしっかりお調べください」

「精鋭を集めて探索しております」

「あのとき乱暴者がひとり、役人の顔をして入りこんでまいりましたね」

「はぁ、それは……」

　おそらく左門についての非難であろう。

「しかし、あのかたは早乙女さまのご子息ですから」

「ご大身旗本だとしても、人の不幸を揶揄していいわけはありません」

「今度会ったら、十分注意しておきましょう」

「それと、なにやら帳面を持って、粗探しをしていたお侍もいましたね。お客さまたちに、なにやら聞きまわっていました。それに気に入らないのは、どちらとも同じ顔をしていたことです。非常に不愉快でした」

「あのかたは……」

「同じく早乙女さまのご子息ですね」

「双子の兄弟です。弟君です」

「ならば、弟のほうも排除を願います」

「はて、右門さまもですか」

「失礼ですよ。松前屋の大旦那が倒れたのですよ。それも毒を盛られたのかもしれません。それなのに、あちこち歩きまわりながら、隅々を調べたり、客人たちに声をかけたり、それをいちいち書き記しているなど」

「ははぁ……」

「私が侍なら、無礼者、と叫びますよ」

成二郎としては唸るしかない。

お光から見れば、左門も右門も不躾なところは同じだと感じていたらしい。

「それは失礼いたしました。私が町方の介添人としてお願いしておりました」

本来なら、与力は同心を同行するのだ。

その代行だと伝えたが、お光の憤りが鎮まることはない。

「本当のお役人ならば、私も諦めます。でも、ただの旗本の双子ではありませんか。顔は同じですから、兄も弟も同罪です」

「いや、顔が同じなのは……」

「徳俵さま、私の意見を無視しようというのですか」

「そんなつもりはありません」

「ならば、あの双子はお調べから外していただきます。でなければ、私だけではなく、使用人たちも協力をお断りいたします」

「それは困る……」

成二郎は腕を組むと、しばらく思案してから、

「わかりました。ふたりにはご遠慮願いましょう」

「それは嬉しいかぎりでございます」

畳についた指先は、白いわりには太かった。

「では、お光さんには護衛をつけましょう」

「その必要はありません」

「しかし……」

「命が狙われるような、おかしな真似をした覚えはありませんから。なにかの間違いです」

「下手人は、そこまで考えてくれねぇよ」

応対が面倒くさくなってきた成二郎は、ぞんざいに応じた。さすがにお光も、与力を怒らせたらまずいと気がついたらしい。申しわけなさそうに目を伏せて、

「……それでも、警護は無用です。もしおつけになるなら、せめて店の前など、目立つところからは外しておいてください」

「承知いたした」

「警護もけっこうなのですが、くれぐれも……」

「町方ではない双子には顔を出さねぇように、いっておきます」

成二郎は、背中を丸めて答えた。お光は立ちあがるときも、双子の件を頼みます、と念を入れて姿を消した。

お光が帰ると、少し強くいいすぎたかもしれねぇなぁ、と小さくなり、

「早乙女兄弟には、どのように伝えたらいいのか」

最後は、いつもの気が小さい吟味方与力に戻っていた。


案の定、成二郎の告白を聞いた左門は、怒り心頭である。

例によって柳屋に集まっていた兄弟と喜多姫は、ふと姿を現わした成二郎にお光の一件を聞かされたのである。

気を遣っているのか、いつもとは異なり、成二郎も左門に対してあたりはやわらかい。

「なんだ、なんだ。どうして私が消されねばならぬ」

それでも左門は、いまにも暴れそうである。

「兄上、落ち着いてください。消すとはいってませんよ」

右門がなだめようとするが、左門の怒りはどんどん増していく。

「おまえは、これほど侮辱されているのに、なにゆえ冷静でいられるのだ」

「冷静ではありません。どう対処したらいいのか思案しているのです」

「……そうなのか。では、解決策は見つかったのか」

「いえ、まだです」

なんだ、と落胆する左門に、喜多がいい放った。

「兄上」

「ん……ちと待て、私はおまえ、いやおまえさん、違うな……ええい面倒だ、喜多の兄ではない」

「いつか兄になります」

「ん……そうか、そうであるな。ならば兄上と呼んでも許そう」

「腹が立ったのなら、自分で考えたらどうです」

「そうか、そうだな。私は探索名人なのだ。ならば……よし、変装して弟になってやろう。いや、それもだめか」

「なにをいっているのですか。もっと真面目になりなさいよ」

喜多に叱られた左門は、ふと空を見つめ、

「真面目といじめは似ておるな。おまえの言葉はいじめだぞ」

「もう、どうとでもしたらいいわ」

「……弟、なんとかしろ、この許嫁を」

「いい案が浮かびました。これで私たちは、探索に参加できます」

「ん……なんだ、思いついていたなら早くいえ」

右門は、簡単なことです、といって微笑んだ。

「私たちが町方になればいいのです」

「そんなことができるのか」

「はい、なれます。成二郎さんから手札をもらったらいいのです」

「なんと、私が御用聞きになるのか」

「私と兄上のふたりです」

「それなら、いっそ同心にしてもらおう。どうかな、俵さん」

「そこまでは無理です」

「まぁ、よい。双子の岡っ引きか。これは江戸で評判になるぞ、人気が出るぞ。そうだ、おまえの捕物帳も評判になるではないか」

まぁ、嬉しい、と喜多が叫んだ。ぽんぽんと手を叩きながら、

「草双紙になったら売れますよ」

成二郎と右門は、暴走するふたりを前にして、なんともいえぬ顔でお互い見つ

めあうしかない。

「この際、草双紙の件は、ひとまず横に置いてください。徳俵さん、いかがですか、この案は」

成二郎は、わかりました、と首肯した。

「さっそく手札を用意いたしましょう」

その言葉を聞いて、左門がふんぞり返っていい放つ。

「これでおまえも、百人力の御用聞きを持つことができるわけだな」

「ただし、今回だけです」

「なに、永久ではないのか」

「特殊な事情ですからねぇ。手札が効を持つのは、松前屋の一件だけです。それ以外には使えませんから。ほかの捕物には、絶対に首を突っこまないでください。それでいいですね」

左門は、なにかいいたそうに口を開きかけたが、すかさず右門がいった。

「十分です。私の捕物帳が活かされるなら、それだけでかまいません」

先を越された左門は、むっとするが、しかたがない、とつぶやいた。

ふっと静まった部屋の障子が開かれ、甚五がすすっと入ってきた。

「ほう、その顔はなにか仕入れてきたようだ」

左門がにやりとする。

甚五は隅に座ると、とんでもねぇ話を聞きました、といって四人を見まわす。

「とんでもないとはなんだ」

早く聞きたそうに、左門がにじり寄る。

「お光についてですが、なんと前の旦那も、おかしな死にかたをしたそうです」

「なんだって」

成二郎が驚きの声をあげて、

「そんな大事な話を、どこから仕入れてきたんだい」

「へへへ、それはまあ、蛇の道は蛇でして」

「気に入らねぇなぁ」

どうしても成二郎は、甚五の正体が気になるらしい。

「待て待て、俵さん。いまは甚五が盗人だろうが掏摸（すり）だろうが、気にしている場合ではあるまい。お光にはなにか秘密があるような気がしていたが、そんな過去があったとは」

七

柳屋から出ると、私は用事があります、といって右門は溜池(ためいけ)方面に離れていった。成二郎は甚五をひと睨みしてから、八丁堀に戻っていく。

左門と甚五は、喜多と一緒に坂道をのぼっていく。

「喜多、弟と喧嘩でもしたのか」

「してませんよ」

「ならばどうして、あいつはおまえと別れて、ひとりでどこぞに行ってしまったのだ」

「そうですね……たぶん、永山さまの件ではないでしょうか」

「なんだって。そうか、師匠に頼まれたんだな」

しめた、と左門はにんまりする。

「どうしたんです、その笑いは」

「右門が景之進にうつつを抜かしている間に、私が特別の捕物帳を作ろうと思いついたのだ。どうだ、左門捕物帳だぞ」

「だからなんです」

「右門捕物帳よりも売れるかもしれぬぞ」

「まぁ、そんなことを考えたのですか」

「楽しいではないか。左門と右門の戦いだ。江戸で評判になるぞ。草双紙も相乗効果で売れるに違いない」

「それはよく気がつきました、といいたいところですが、兄上は、もっと真面目になっていただかないと」

「いたって真面目ではないか」

「いかにも適当に見えます。人を舐めているように見えます。行き当たりばったりに見えます」

「褒められたと思っておこう」

「褒められた、と責められたは似てますね」

「……そうかなぁ」

「ほらほら、その態度、その適当な受け答えが、他人を馬鹿にしているんだってば」

「げ、なんだ、その言葉遣いは。まるで町娘ではないか」

「……兄上と一緒にいると、調子が狂います。私までおかしくなります」

「ふふ、それは相性がいいということだな」

「そうかもしれません、右門さんより気が合って、いい仲なのかもしれませんねぇ」

「おやおや」

　驚いている左門に、喜多は、ふふふ、と顔をゆるめて、

「騙されましたね、兄上」

「ぐ……大人をからかうな、馬鹿たれめ」

「そんなことより、お光さんの前の旦那さんもおかしな死にかたをしていたとは、どういうことでしょうか」

　ようやく出番が来たといった風情で、甚五がふたりのとなりに並んだ。

「そこなんですがねぇ。まわりの者は、お光は日光の生まれと聞かされていたそうなんですが」

「違うのか」

「へえ。どうも出身を偽っていて、じつのところ石見のほうではないかという話が……」

「石見といえば、猫いらずが有名ではありませんか」

喜多がつぶやく。

石見には銀山があり、その鉱毒を使って殺鼠(さっそ)する薬品が売られているのだ。

「なんだか、きなくさくなってきましたねぇ」

「どうして、日光なんて嘘がまかり通っていたんだい。それと……」

左門は足を止めて、甚五の肩をつかむ。

「そんな重要な話を、どこから仕入れたのだ。ここには俵さんもいないのだから、話してくれてもよいだろう」

「あっしが聞きこんだのは、小伝馬町(こでんまちょう)の牢屋のなかです」

牢破りと思われても困るから、さきほどは黙っていたのだ、と甚五は笑う。

「なんだと……牢屋に忍びこんだのか」

「へへ、それはまぁ、ご想像におまかせいたしますが」

「想像もなにも、そのままではないか。まったく怪しいやつだ。俵の大木ではなくても、おまえの正体が気になるわ」

「その話はいずれまた」

「いつかは真の話をするというのか」

「さぁ、そのときがきたら、といいますか、あっしはただの盗人ですから。みなさん、あっしを買いかぶりすぎですよ」

「やかましい。いつ話をするつもりだ。どうだい、妹よ。いつだと思う」

「いまでしょ」

「ほらみろ、妹の姫がそういうておる。まぁ、いいだろう。弟ならそんな話はあとまわしだ、というだろうからな。とにかく、牢屋のなかに忍びこんだとしよう。それはいいとして、お光を知っている者が牢に囚われていると、なにゆえ知っていたのだ」

それは偶然です、と甚五は答える。

「捕縛されている、とある知りあいに会いにいったんですがね、そいつが、松前屋に忍びこんだときがあるっていうんです」

「ほうほう」

左門の受け答えに、喜多は、またその態度、と叫んで、どんと背中を叩いた。

「げほ、げほ、いてぇぞ、妹よ」

「その適当な態度はやめなさいって」

「ふぇん」

「いつまでも続けていたら、お父上にいいつけますよ」

「うちの父は、私のことは諦めておる」

「私の父です」

「む、それは困る。適当な兄のせいで、弟の婚約が解消されたのでは、寝覚めが悪い」

　甚五は、続けていいですかねぇ、とふたりの間に手刀を振りさげた。

「そこまでにしてくださいよ。まだ話は続きますから」

　すまぬ、と左門は素直に頭をさげた。

　甚五がいうには、牢屋に捕まっている仲間によると、忍びこんだとき、お光が若い男と会っているのを見た、というのである。

「その若い男とは誰だと思いますか」

「なんだ、その顔は。わかるわけがあるまい」

「へへ、なんと数日前、西方寺に投げこまれた男と似ていたというんでさぁ」

「……ああ、あいつか。だがどうして、牢屋にいる男が、あの男の人相を知っているのだ」

「牢屋に、男の人相書きが配られ、この顔に見覚えがある者はいないか、と調べが入ったらしいんですよ」

「ほほう、すると俵の大木にも、いずれその話は耳に入りそうだな」

へえ、おそらくは、と甚五は答えた。

「それにしても、どんどんとお光の存在が、重大になっていくではないか」

「へへ、たしかに。あの女にはまだまだ裏がありそうですね」

甚五の言葉に、数度首を振った左門は、

「私はこれから、御用聞きにならねばならん。柳原土手の古着屋に行く。妹よ、付き合え」

「どうして、私が一緒にいかねばならぬのです」

「見立てを頼みたいからだ」

「なぜ、古着屋へ行くのです」

「絹の小袖を着ている御用聞きなど、見たことなかろう」

「わざわざ、そこまでしなくても」

「真面目になれといったではないか。御用聞きに見えるよう、真面目に扮装するつもりなのだぞ」

「……それは違います、論点がずれてます……って、わかってやってるんでしょう。たちが悪いです」

ひひひ、と左門は笑いながら、さぁ、行くぞ、と柳原土手に向けて歩きだした。

八

松前屋の季一郎は、正一郎をあやすお品から離れて、寝たきりになっている父親の部屋に向かった。

父の三津右衛門が倒れた原因は、いまだにはっきりしない。医師の順庵がときどき訪ねて、薬を出してくれるのだが、それも本当に効果があるのか、と季一郎は疑問に感じてしまう。

お光にも相談したが、そんなことを話してもしかたがない、これからは、あなたがしっかりしなければいけない、と季一郎を励ますだけである。

店の少し離れた外や、裏口には、ひとりふたりと町方が立っている。

お光は警護はいらないと断ったそうだが、おそらくは警護ではなく、自分たちの動きを見張っているのではないか、と季一郎は考えていた。

季一郎たち家族はもちろんのこと、使用人のなかにも、三津右衛門を殺すような者はいないだろう、と思う。身内贔屓というわけでもないが、息子の目から見ても父の三津右衛門は、よい主人に思えた。だが、役人たちは、そうは考えていないようだった。

相変わらずお光は、自分が狙われたのだ、とい張っている。

だとすれば理由があるはずなのだが、

「どうせ、狂った人がやったことでしょう」

そう、はぐらかされるだけであった。

お光が後妻に入って、一年が過ぎようとしている。

父が連れてくる人だからと、とりたてて反対などはしなかったが、いまになると、お光の言動にはおかしなところがたくさんあった。

だがそれを、はっきり言葉として語ることができない。

それだけに、かえってお光を怪しげに感じるのかもしれない。

いろいろ考えてしまって、季一郎は落ち着くことができずにいた。

と、廊下の途中で、御用聞きらしき男に呼び止められた。

「ちょっと話を聞かせてくれ」

男はいい、ここに入ろう、と勝手に途中の部屋に入りこんだ。

その御用聞きは、少し変わっていた。木綿の安物を着ているところからして、江戸中を走りまわる十手持ちに見える。しかし、背筋が伸び、鋭い眼光を見ると侍にも思えた。

「あの、どこかでお会いしたでしょうか」

「なに、そのあたりにいっぱい落ちている顔だから、見間違いだろうよ」

「そうかもしれません」

悩みを聞いてやろう、といわれて、つい、お光についての不審を語ってしまったのである。目の前の男には、そんな風に気を許させるような雰囲気が漂っていた。

「そうか、それは困ったな」

御用聞きというより、むしろ態度や言動は、同心や与力に近い。

試しに名を尋ねてみると、少し怯んだような顔で、

「私か、私の名は、さ……三郎(さぶろう)、そうだ、三郎という」

十手代わりのつもりなのか、扇子でぽんぽんと手のひらを叩いている仕草は、思案中の動きらしい。

「お光は、本当はどこの生まれなのか、わかるかなぁ」

「直接、本人からは聞いたことがありません。でも、あるとき、おとっつぁんとの会話のなかで、子どものころは、どこぞの銀山の近くにいたと聞いたことがあります」

「石見銀山の近くとはいわなかっただろうか」

「いえ、場所まではわかりません」

そうだろうなぁ、と三郎と名乗った御用聞きは、さらに扇子でぽんぽんと手のひらを叩きながら、

「で、お光に関してだが、その、なんというか、不思議な感じを受けるというのだが、もっと細かく教えてくれねぇかい」

そうですねぇ、と季一郎は目を細めると、

「ときどき、苦しそうにしているときがあります。それに、夜な夜なうなされることもあると、父に聞いたことがあります」

「そのくらいならば、別段、特異というわけではないのではないか」

三郎の侍言葉に、季一郎はいったん不審げな顔になったが、ほかにはないのか、と重ねて問われ、

「ふと姿が見えなくなることがありました。父が気にして、小僧につけさせたところ……」

「男とでも会っていたかい」

そのようでした、と季一郎は顔を伏せた。

「どんな男だったのか、わかるか」

「小僧にいわせると、年配の男だったといいます」

年配ということは、西方寺の死体とは違う男であろう。旦那のほかに、ふたりの男を手玉に取っていたということか。やはり、お光には秘密が多い。

「それじゃぁ、夫婦仲は険悪になっただろう」

「いえ、そうでもないのです。そこが、父の大きなところでしょう」

気に入らねぇなぁ、と三郎と名乗った御用聞きが、さらになにか問おうとしたとき、がらりと障子が開いた。

その瞬間、三郎は扇子を大きく開いて顔を隠す。

入ってきたのは、三郎……いや違う。同じ顔だが、着物が異なっている。

啞然とする季一郎は、同じ顔のこの男たちが、宴会のときに来た双子の侍だということに気づいた。

「兄上、やはりここにいましたか。成二郎さんが探しております。いまは屋敷内の別の場所を探しているはずですが」

そういわれつつも、三郎はなおも扇子で顔を隠し、

「おれの名は三郎だ。おまえの兄貴は、ここにはいねぇよ」

だが入ってきた侍は、三郎の扇子を顔から外し、急ぎの用ですから早く、と告げた。

そのとき、あらたな声が聞こえた。今度は、女の声だった。

「兄上、なにをしているんです、油を売っていると、私の父上に告げ口しますよ」

「待て待て、それは反則ではないか。おまえと右門の関係を盾にするとは、なんてこったいなぁ」

「おかしな町民言葉はおやめなさいよ」

なおも啞然としている季一郎は、双子の兄弟と女を見つめる。

この人はたしか、音曲の名取になろうとする人ではなかったか。天目師匠が、お座敷を一緒に披露するといって連れてきたお弟子さんだと覚えている。

みなが親しそうにしている姿を見て、季一郎はなにがどうなっているか、混乱するだけであった。

三郎こと左門は、しぶしぶ立ちあがる。

「これから重大な話を聞けるところであったのに、おまえたちに邪魔をされた」

右門は、もっと重要な話が入ってきたのです、といって廊下に左門をいざなった。あとから喜多も続く。

「それにしても、どうして妹まで来ているのだ。この変装衣装を買ったところで別れたはずだが」

「お師匠さんの用事で近所に来たら、成二郎さんたちがいたのです」

「ははぁ、そこで、左門がいなくなった、とでも泣きつかれたな」

おそらくは、御用聞きの手札を手にした左門が、身勝手な振る舞いをしているのではないか、と危惧したのであろう。

まったく成二郎のやつもほとほと心配性だな、と呆れつつも、左門は、

「ところで、重要な話とはなんだ」

「お光の姿が消えました」

「なんだって……だが、季一郎はそんな素振りを見せなかったぞ」

「おそらく、まだ知らないのではないでしょうか。ついさきほど私たちが訪れたときに、店先で小僧たちが騒いでいましたから」

「どこかに出かけただけではないのか。店の者にはいわず、家族には用件を伝えて出ていったのかもしれないぞ」

「ちょっと考えにくいですね。お光さんが店の外へ出ていくとき、男に手を引かれて、なかば強引に連れだされた、と小僧はいっていました」

「三津右衛門を殺しそこねて、若い男と逃げたのかもな。なんて女だ」

「いえ、若い男のほうではありません。顔を小僧が覚えていました。以前からお光さんがひそかに会っていた、年配の男のようです」

その男に、無理やり引っ張られていったように見えた、と小僧は答えたらしい。

「ところで先日、小伝馬町の牢屋に忍びこんだ者がいると、大騒ぎになっていますが」

「はて」

「まさか、兄上ではありませんよね」

「馬鹿なことというな。そんな不届きなことをする私ではないぞ。牢屋などには、間違っても入りたくはない」

「それならいいのです」

喜多はなにかいいたそうな目をしているが、突っこんではこない。

「それに、成二郎さんがいろいろな話を仕入れてきました」

「へぇ、それはすげぇや」

扇子で手を叩きながら左門は答え、喜多に目を向けた。

「真剣だぞ、私は。真面目に答えておる」

「そんな木綿の安物姿では、信用なりませんが……まぁ、いいでしょう」

右門は続けた。

「お光を連れ去った年配の男とは別に、西方寺で投げこまれた男も、ときおりお光と会っていたことを知ってますね」

「う、いや、初めて聞いた」

「喜多さんから聞いておりますから、嘘はいりません」

「なに、最初から知ってて、牢屋の一件も聞いたのか。性格が悪いぞ」

うへぇ、と頓狂な声をあげた左門は、くれぐれも甚五の話は俵の大木どのには伝えるな、と念を押した。

「わかっていますよ」

「ふむ、ちょっと整理をしたい。その捕物帳を見せろ」

「いいですよ、どうぞ」

右門は捕物帳を開いて、左門に読ませた。

「ははぁ、お光もふたりの男を手玉に取っていたとは、やはり妲妃のお百か、日野の富子か、あるいは北条の政子か」

そこで喜多が疑問の声をあげた。

「なんです、その妲己のお百とかなんとかというのは」

「妹どのは知らぬのか。京に生まれて苦界から身を起こし、豪商の妾やら、役者の女、さらには武家の女房、と男を手玉に取ったあげく、最期は享保の打ちこわしに遭った悪徳商人の女房になったという、とんでもない女のことだよ」

「そんな人がいたのですか」

「恐ろしげな女の典型だな」

そこまで話したところで、廊下の先から徳俵成二郎の姿が現れた。

まずはお光の行方を探ろうと、一行は屋敷の外に出た。近所で聞きこみすれば、女の手を引く男の姿を見た者がいるかもしれない。

するとそこへ、音もなく寄ってくる男がいた。

頬っ被りに、袖も襟もボロボロの着流しに尻端折り。

喜多が、いやそうな顔で離れようとすると、

「甚五ではないか」

左門が驚きの声を出した。

普段とは見た目が違い、まるでごみでも拾って歩いている輩のようである。

「なんだい、その格好は」

呆れ顔で左門が問うと、

「へぇ、ちと変装してみました」

「それは見たらわかる。その理由を聞いているのではないか」

「少し考えがありましてね」

「あぁ、そうだろうよ、そんな格好をしてるんだからな」

「人を探っておりました」

「誰を……ひょっとして」

「へぇ、さすが捕物名人、察しが早い」

すると喜多が、誰を探っていたのか教えて、と左門に目を向けた。

「う、いや、ほれ、危ないやつだよ」

「わかってないんでしょう」

「そんなことはない。お、わかったぞ、お光であろう」

「へぇ、そのとおりでして」

喜多に向かって、ほれみろ、と左門は腕まくりをする。

甚五の言葉を聞いて、左門以上に張りきったのは、徳俵成二郎であった。

「お光の居場所を知っているのか」

「旦那には教えたくありませんねぇ」

左門はその言葉に大笑いしながら、

「普段から、人には優しくしておくことだな。言動はぐるりとまわって、自分に返ってくるものだからのぉ」

むっとした表情になった成二郎だが、いまはお光の居場所のほうが大事だと考え直したらしい。

揶揄の言葉にも反論せずに、

「なぜわかったのだ。ここら一帯を聞きまわったのか」

甚五は首を横に振って、

「いえいえ、ちょいと気になっていたので目をつけていたら、たまたまお光が連れ去られる場面に遭遇して、気づかれないよう尾行したんですよ」

「尾行だと。おまえはそんなこともできるのか」

成二郎の言葉に、へぇ、まぁ、尾行には慣れてます、と甚五は曖昧に答える。

「やはり怪しいやつだ」

「そんなことより、甚五さん。お光さんはどこに連れていかれたのです」

こんなときでも冷静な右門は、帳面に筆を置きながら聞いた。

「へぇ、案内いたしましょう」

甚五は、行き先はいわずに歩きはじめた。

「おい、場所はどこなんだい」

あわてて追いかけながら、成二郎が問いかける。

「立ち話をしているひまは、ありませんからね」

道々教えます、と甚五は答えた。

右門は喜多に、危険だから来なくてもいい、と伝える。反対するかとも思ったが、意外にも喜多は素直に、はい、と答えて、

「ご武運を祈ってますすよ」

ていねいに頭をさげた。

甚五たち一行は、松前屋のある通町から日本橋を渡り、江戸橋方面に向かう。

江戸橋を通りすぎると、そこは小網町(こあみちょう)である。甚五は、鎧の渡しの近辺まで行ったところで止まった。

酒井家の中屋敷の屋根をのぞみながら。

「すぐ行ったところに、稲荷神社があります」

「そこにいるのか、お光は」

「稲荷のすぐ後ろに、寺を移築したような建物があります」

へぇ、甚五がうなずくと、成二郎はすぐ飛びこもうと駆けだそうとする。

「待ってください」

止めたのは、右門だった。

「甚五さん、その建物のなかには、お光さんをさらった男がいるんですね」

「ついさっきの話ですからね、まだ外には出てねぇと思います」

「しまった。おまえが私たちのところに来る間に、どこかに移ってしまったかもしれねぇぞ」

成二郎が背中を伸ばしながらいった。

「それはねぇでしょう。せっかくお光を連れてきたんです。とりあえずは、縛りあげるなりなんなりすると思いますぜ」

「仲間はどうです。大勢いたら面倒なことになりますが」

右門は慎重である。

「それはよくわかりません。潜りこんだわけではありませんからね。お光と男が来る前に、建物に仲間が集まっていることも考えられます」

「よし、ならばまずは潜りこもうではないか」

左門がにやりとする。

「潜りこんでどうするんです」

「なかを探るのだ。仲間がいれば、人数を把握することもできるであろうよ」

成二郎は思案する。

「では、私もいきましょう」

「そんな図体で、うまく潜りこめるものか。やめておけ」

左門が笑いながらいうと、

「では、兄上と甚五さんのふたりにお願いしましょう」

右門の言葉が、方針を決めたのである。

九

稲荷の境内から本殿をまわると、空き地に出た。草がぼうぼうの荒れ放題である。

「こんなところに建物があるのか」

周囲を見まわすと、遠くに見える酒井家の中屋敷と安藤家の中屋敷の屋根にはさまれ、ちょうど凹(へこ)みのなかにあるようだった。

「へぇ、あっしも見たときは驚きました」

「江戸には不思議が多い」

「へぇ」

「おまえも不思議のひとつだ。姿が見えぬと思っていたら、黙ってお光を見張っていたとは。まったく、神出鬼没といえばいいのか、なんというか」

「へへ、蛇の道は蛇ですから」

「……意味が違うような気もするが、まぁ、よい。いずれ、おまえの正体を暴いてやる」

「なんだかおっかねぇ話ですねぇ」

「最初に声をかけたときから、おまえは不思議な雰囲気を放っていた。剣客とも違う、町方とも違う、ただの町人にも見えぬ。だから盗人か、と問いかけてみたのだ」

「さいですかい」

甚五は、左門の言葉を聞き流す。

「まずは床下に潜りこみます」

「それがいいな。気分が乗ってきたぞ」

「……床下から畳を押しあげます。そこから、なかに入りましょう」

「ますます高ぶってきた」

「いきましょう」

よし、と左門は答えて、進みだした足を止めた。

「どこから潜りこむのだ」

「こっちに来なせぇ」

甚五は手を伸ばして、行き先を示した。

幸い、長い草が生えているため、ふたりの身体は隠されている。

床下に着くと、地面に這いつくばった甚五は器用に手と身体を使って、奥に進んでいく。

左門も、匍匐を真似た。

「このあたりがいいでしょう」

動きを止めると、甚五は懐から匕首ともなんともいえぬ刃物を取りだして、頭にぶつかりそうな板をこじっている。

しばらくして、小さな音を立てて板がずれた。

それを、ずらしていくと、畳裏が見えてきた。

「器用なものだな」

ささやき声で、左門が話しかけた。

「盗人ですからね」

「使っているそれはなんだ。忍びが使いそうだが、くないとはまた違うようだ」

「くないと竹刀は似てますね」

くだらねぇ、といいかけて、左門は口を閉じる。

「ふん、たまにはおまえも、いいことをいう」

「し……」

よけな言葉を出すな、と甚五は唇に指をあてた。

左門はおもしろくなさそうな表情をするが、こんな場合である。たしかに、よけいな会話は控えねばなるまい。

畳裏もずらして空間を作った甚五は、軽業師（かるわざし）のように上に身体を持ちあげた。

甚五が腕を伸ばし、それをつかんだ左門の身体は、あっという間に部屋のなかに転がっていた。

「行きましょう」

部屋から廊下に出ると、甚五は知った家のように進みだす。

「お光はどこに監禁されているのだ」

「おそらくは、この先です」

ささやきながら、甚五は身体をかがめて進んでいく。

「慣れたものだな」

「し……」

「わかった、わかった」

甚五の背中を見ながら、左門も腰を落として進んだ。

二十歩ほど進むと、曲がり角にぶつかった。

そこで甚五は足を止めて、耳に手をあてた。

その仕草も、左門は真似る。

すると、女のわめき声に混じって、男の声も聞こえてきた。男は数人いるらしい。

「しばらくここで聞いてみましょう。お光がかどわかされた理由を、話しあうかもしれません」

「それがいいと思っていた」

甚五がしゃがみこみ、左門も同じような体勢をとる。ふたりは耳に手をあて、会話を聞き漏らすまいと身構える。

「おまえが三津右衛門殺しに失敗したから、こんなことになるんだ」

「前のようにはいかなかったんだよ。おとっつぁん、もうこんなことは、やめにしようよ」

話し相手のひとりは、お光の父親らしい。

「馬鹿なことをいうな。いいか、あの銀山暮らしを覚えているだろう」

「もちろんですよ」

「だったら、続けるんだ」

「何度も同じようなことをやったら、ばれてしまうのはあたりまえでしょう」

「やかましい」

「だって、前の旦那の息子が、私を訪ねてきたんですよ。あんな強引な始末のつけかたをして……このままじゃきっと、いつかは失敗しますよ」

　想像するに、もしかするとお光が言及した前の旦那の息子とは、西方寺に投げ捨てられた男ではないだろうか。

　左門は身を乗りだしかけながらも、高ぶった気持ちを押さえた。

「おまえを吉原から救いだしたのは、誰だと思っているんだ」

「それはありがたいと思ってます。でも、そもそも私を吉原に売り飛ばしたのは、おとっつぁんでしょう」

「だから、助けたんじゃねぇかい」

「私の身請け金は、板之助さんから騙し取ったものではありませんか」

「だから、おまえを女房にさせてやった。おまえにご執心していたんだからな。おまえも吉原から出ることができて、板之助はおまえを女房にできた」

　父親は、一石二鳥だといいたいらしい。

「でも、板之助さんの身代が消えたのは、おとっつぁんが盗んだからでしょう」

「いいか、銀山暮らしの仲間のなかには、足や手が痺れて、身体を動かすのもままならねぇ連中が大勢いたんだ。そんな地獄みてぇな場所から抜けだすには、こんなことでもやらねぇと生きていけねぇ」

「だからといって、人殺しを続けるのは、もうやめてください。一緒に暮らす亭主に、毒を飲ませ続けるなんて……およそ、人の所業じゃありません」

「てめぇ、三津右衛門に飲ませる量を減らしたな」

お光は答えない。

ふたりの会話から、お光が三津右衛門に、鉱毒を飲ませていたことが判明した。だが、毒の量が少なかったため、三右衛門は命まで取られずに済んだのだろう。

おそらくは、お光が前に嫁いだ旦那の命も、鉱毒で奪ったのだろう。しかも、身代は父親がすべて盗んだらしい。

「お光、おめぇ、もしかして三津右衛門に情でも移ったのか」

そこでお光の父親は、激しく咳きこんだ。

「みろ、おれもこんな状態で、いつ死ぬかわからねぇ」

「だったらよけいに、もうやめてください」

「そうはいかねぇ。おれは世間に復讐するんだ」

「逆恨みですよ」

「金持ちたちは、おれたちを使うだけ使って、病に倒れると使い捨てだ。そんなやつらを、のさばらしてはおけねぇ」

「でも、板之助さんにしても、三津右衛門さんにしても、とばっちりではないですか」

「なにいってる。板之助の商売を覚えているか」

「あいまい屋の主人ですよ」

「そうだ、古道具などを売っていたんだったな。どこから仕入れたのかわからねぇような道具を、一両以上の高額で売っているなんざ、詐欺と同じだぜ」

だから殺してもかまわねぇ、とでもいいたげである。

「そんな……だったら、三津右衛門さんは、あこぎな商売はしていませんよ」

「ふん、だからこそ、おれは気に入らなかったんだ。この世の中に、仏みてぇな商売人がいるわけがねぇ。かならずどこかで、貧乏人から金を掠(かす)め取っているんだ」

「そんなことはありません」

「やかましい」

縛られている縄が痛いのか、お光の、解いてください、という声が被った。

すると、いままでとは異なった声が聞こえた。

「親分、いつまでもここにいたら、見つかりますぜ」

「逃げたきゃ逃げろ」

「それじゃぁ、分け前をもらおうかい」

「ふん、逃げるようなやつに、金なんざやれねぇ」

「冗談じゃねぇや。日光の先にある銅山の地下から、鉱毒だらけの水を運び続けたのは、このおれだ。その水がなければ、板之助も三津右衛門も、殺せなかったはずだろう」

父親は、げほげほと喉を鳴らして、男の話を聞いている。

「あんなところに何度も行かされたんじゃ、おれの身体だって親分みてぇに病んでいるかもしれねぇ」

「それだけの金は渡しただろう」

「殺しまでやらされたんだ。わりに合わねぇぜ」

「殺せとは頼んでいねぇよ」

どうやら、西方寺の男の一件のようだ。

甚五は、ちらりと左門をうかがう。

「これだけ聞ければいいんじゃありませんかい」

「たしかにな」

盗み聞いただけで考えると、お光は西方寺の殺しも、前の旦那についても、直接手をくだしたわけではないようだが、汚染された水を日々飲ませ続けたのは、間違いないだろう。

なおもひそひそ声で、甚五と左門の会話は続いた。

「苛烈(かれつ)な鉱山暮らしのなか、父親はすべてを恨んで呪った。そしてその復讐のため、娘にも犯罪を押しつけたんでしょうねぇ」

「石見にいたころ、どれほどの凄惨な暮らしをしていたものやら」

「坑道から外に出られず暮らす者もいる、と聞きますからね」

「まぁ、みながみな、悲惨なわけではないかもしれんが」

そこまで左門が答えると、

「し……」

指を口にあてた。廊下を進んでくる足音が聞こえてきたからだった。

左門と甚五は、その場からさがり、潜りこんだ部屋まで戻る。ひとまず畳の下に隠れると、足音はふたりが隠れている部屋に入ってきた。

もしかして忍びこんだのがばれたのか、と警戒していると、なにやら押入れをがたがたやっている音が聞こえた。

少しだけ畳をあげてのぞいてみると、なんと部屋の押入れから、千両箱を出しているではないか。

左門はいきなり畳の上に飛びだすと、そのまま男の首筋へ当身(あてみ)を入れた。男はなにもわかぬまま、昏倒(こんとう)する。

あわてて甚五も姿を現わし、どうするつもりだ、と問う。

「いいことを思いついたのだ。こいつに化けてやる」

左門は男の着物をはぎ取ると、それを羽織った。

「俵さんや右門さんたちは、どうするんです。外で待ってますよ」

「おまえが適当に伝えてくれ。ああ、そうだ、弟が捕物帳なら兄は戦い担当だ、ともな」

そういうと、左門は力を入れて千両箱を抱える。さすがに重いのか、少しふらつきながらも廊下を進んでいく。

「危なっかしいなぁ」

　ささやいた甚五は、いま飛びだしてきた畳の隙間からすばやく姿を消すと、そのまま右門たちが待っているところに向かった。

　担ぎあげた千両箱で顔を隠しながら、左門はお光が監禁されている部屋に足を踏み入れた。

　憔悴しきったお光は手をだらりとさげ、表情にも生気が感じられない。

　その前にいる男は、さらに死にそうな顔をしていた。あきらかに、病気と思えた。

「もうひとつあっただろう」

　若い男が取りにいこうとする。

「いや、おれが持ってくる」

　そういって、左門が顔を伏せつつ千両箱を置いたとき、

「ちょっと待て……それはなんだ」

　背中から男の声が聞こえた。

「おい、利助。なにか落ちてるぜ」

横目で畳を見ると、しまった、と左門はほぞをかむ。なんと落ちていたのは、成二郎から渡された手札ではないか。

男が拾い、左門に渡そうとして、

「おや、なんだこれは」

怪訝な目を見せて、開こうとする。

「おっと、見るのはやめてくれ。女からの恋文だ」

「ふん、おめぇにそんな女がいるとは聞いたことがねぇ。それに」

そこで男は言葉を切ると、低い声を出した。

「いつから、そんなにいい声になったんだい。利助は、言葉をしゃべることができねぇんだぜ」

「しまった」

思わず、口に手をあてた。

「ふん、おめぇ岡っ引きにしちゃぁ、頭が悪いな。いまのは引っ掛けだ」

まんまと男に騙された左門は、しょうがねぇなぁ、と叫んで、羽織っていた羽織を脱ぎ捨てるや、

「てめぇたちが、西方寺殺しやお光の元旦那、あいまい屋の……誰だっけ」

「板之助だ」

「それだ、その板之助や三津右衛門を殺したんだな。しかも石見の猫いらずを飲ませるとは、人の所業とは思えねぇ。ひでえやつらだ」

「三津右衛門さんは亡くなったのですか」

　お光が目を見張る。

「あ、いや、まだ生きている。虫の息らしいがなぁ」

　御用聞きになったつもりの左門は、伝法言葉で見得を切る。

「間違ぇてるぜ。使ったのは猫いらずじゃねぇ。鉱毒だらけの地下水だ」

「もっと悪いじゃねぇかい」

「おめぇ、本当に御用聞きかい。そんなに背筋が伸びて、すっきりした十手持ちなど見たことねぇ」

「新米だからな。そんなことはどうでもいい。お光、おめぇは殺しにはかかわっていねぇのかい」

「この女か……」

　男は鼻を鳴らして、馬鹿な女よ、と吐き捨てた。

「なにが馬鹿なんだ」

「殺す相手に情などかけるから、馬鹿なのだ」

「殺す理由はなんだい。大店の旦那を殺して、その金をいただこうってのかい」

男は顔をゆがませながら、お光の父親を指さした。

「長年の坑道暮らしで、この男……伝助は頭がおかしくなったのさ。悲惨な生活続きで、いかれちまったらしい。金持ちへの復讐こそが、生き甲斐になったんだろう」

「おめぇたちは、どういうつながりだい」

「ふん、島帰り仲間よ」

「島帰り……よく戻れたものだな」

一度、島送りになった者たちは、ほとんど戻ることはできない。

「あぁ、恩赦かなにやらで、伊豆の海の向こうから戻ってきたんだ。こんな千にひとつ……いや、万にひとつもねぇような幸運にめぐりあえたからな、だが、足りねぇのは金だ。そこで、金持ちへの復讐に燃えるこの男を親分にして、ひと働きしようと思ったのよ」

「馬鹿はおまえだ。悪事で幸福になれた者など、天竺まで探したっておるまい」

「……おめぇ、やはり侍か」

「西方寺の男を殺したのは、なぜだ」

「ふん、野郎は板之助の息子だ。この馬鹿女が松前屋の女房になったと嗅ぎつけて、本当のことをいえ、と追及してきやがった。そんなことを吹聴しつつ、お光のまわりをうろちょろされたんじゃ、計画の邪魔だからな」

「それで首を絞めたのか」

男は鼻先で笑う。

「おめぇ、名前はなんていうんだい」

「江戸一の親分、三郎とは私のことだ」

「おめぇも、そうとういかれてるぜ」

「他人に名前を聞いたなら、おのれも名乗れ」

男は、田五郎だ、と名乗る。

さきほどから、お光の父親の伝助は苦悶の表情を浮かべつつ、左門と田五郎の会話を聞いていたが、ふと表情に異変が起きはじめていた。

いつの間にか、すっかりと目が虚ろになってしまったのだ。

口元からよだれが垂れ、もはやまわりの状況も見えていないようだ。

膝をがくりと折ると、いきなり千両箱に覆いかぶさった。

「へへへ、金だ、金だ。なぁ、お町、これをおめぇに見せてやりたかったんだ」

「お町だと……名前を間違ぇやがった」

田五郎が笑うと、お光が叫んだ。

「お町は、おっかさんの名前です」

「へぇ……」

鉱毒が全身にまわったのか、もはや正気を失いつつある伝助は、お光に鈍い光の目を向け、

「お町、約束を守ったぜ。あの坑道暮らしのなかで、おめぇに一度は千両箱を見せてやると約束したなぁ。やっと見せることができたぜ、よかった、よかった、なぁ、お町よぉ……」

お光は、意味不明の叫び声をあげた。

すると、田五郎はいきなり伝助に近寄り、匕首を取りだすや、伝助の胸に突き刺した。

「な、なにをする」

左門が伝助に飛びつく。お光は身体をよじりながら、なおも大声でなにか叫んでいる。

伝助の身体を抱えた左門は、きりりと田五郎に目を送ると、

「てめぇ、許さねぇ。天下の旗本、南條道場の一番弟子、江戸一の御用聞き三郎こと、早乙女左門さまが、おまえを成敗してやる」

と、田五郎の目から、なんと涙があふれだしたではないか。

なに、と左門の身体が、一瞬動きを止める。

「……馬鹿野郎、おれだって仲間を殺したくなんざねぇ。だけどな、この計画をはじめる前に、親分はおれにいったんだ……」

「なにをだ」

「自分はいつか頭がおかしくなるはずだ。それだけ、鉱毒が身体にまわっている。だから、おめぇが見て、これはもういけねぇと感じたら、すっぱり殺してくれってな。頭がいかれたまま生きたくはねぇ、娘にそんな姿は見せたくねぇってなぁ……」

「なんと……」

左門を押しのけた田五郎は、伝助を抱きしめる。

「親分……おめぇとの約束、果たしたぜ」

「あ、あ……ありがと、よ」

それだけ絞りだすと、伝助の息は止まった。

一瞬、その場が真っ白になった。

と、がたがたと音が聞こえて、さらに大きな足音が部屋に入ってきた。

成二郎が十手を振りかざしながら、飛びこんできたのだ。甚五が知らせたのであろう。

「兄上、ここからは私に」

右門が一歩前に出ると、田五郎は顔を左右に振り、左門と右門を見くらべて、

「ははは、さすが江戸一の親分だ。分身の術を使えるとはなぁ」

「冗談がうまいのぉ」

「うるせぇ、島送りになったときになくした楽しみが、少しでも戻ればいいと思ってやったんだ。どうやら、ここで運も尽きたらしいぜ」

田五郎は最後にいった。

「この伝助のおかげで、千両箱も拝めたし、金も使えた。いい思いができたのは、この伝助のおかげだ」

成二郎が縄をほどいて、大きな身体を田五郎に向けた、そのときである。

「あばよ」

田五郎は持っていた匕首で、自分の胸を突いたのである。

あわてて右門が、倒れる田五郎を抱えた。

「おう、分身さん、ありがとよ」

「なぜ、こんなことを」

「へへ、おれもなぁ、地下水を汲んだりしていたからな。その毒が、身体にまとわりはじめているにちげぇねぇ。いつか頭がぶっ壊れて、本当の馬鹿になっちまうだろうよ」

「しかし」

「いまなら、ただの悪人、田五郎で死ねるんだ……ふふ、これで、地獄で待ってる伝助と会えるかもしれねぇ。おい、分身」

「なんです」

「死ぬ前に頼みがある。そこの女なぁ、お光ってぇのは、松前屋の女房だ。旦那を助けてぇ一心で、こんなところに飛びこんできやがった」

「そうか」

「だからな、西方寺の殺しにも、三津右衛門の病気にも、まったくかかわりはねえからな。そこんところ、よろしく頼むぜ」

「……承知した」

田五郎の息が止まった……。

遠くで、かすかに鳥の鳴き声が響いた。


数日後、朝七つ。

日本橋東詰の橋番は、旅姿で欄干にもたれる比丘尼を見た。

まさか飛びこむんじゃねぇだろうなぁ、と身構えていると、比丘尼は通町のほうへ手を合わせて、一礼した。

目が光っているのは、涙があふれているからしい。

「あらぁ、好いた男と、わけあって別れようとする女の姿だなぁ」

橋番は、経験からそんな風に感じた。

比丘尼は身体の向きを北に変えると、ゆっくりと歩みだした。

第三話　鬼の剣

一

「なんだか、すっきりしませんね」

喜多が、柳屋の二階で膳を前にしながらつぶやいている。

「なにがです」

右門は帳面を開きながら、松前屋の出来事を復習しているらしい。

部屋の端ではいつもより温かいせいか、左門が寝そべって、うたた寝をしている。

まだ端午の節句には遠いのだが、手ぬぐいで兜を作ってあげるような気の早い親もいるらしい。柳屋の外では、そんな子どもたちが走りまわっていた。

「そういえば、私たちは端午の節句を祝ってもらっただろうか」

左門が、右門に尋ねる。

「もちろん、兜や刀などを飾ってもらいましたよ」

「ううむ、覚えがないのはなぜだ」

「兄上は、そのとき折檻（せっかん）されていましたからねぇ」

「折檻とはなんだ」

「納戸にある大きな箱に押しこめられていました」

「なに、とんでもない親ではないか」

「兄上が悪いのです」

「私がなにをした」

「庭で見つけた蛙を、腰元の袂（たもと）に投げこんで遊んでいました。それも、一匹や二匹ではありません」

「なにぃ」

「おそらく十匹以上はいたかと」

「さすが私だ。中途半端なことはしておらぬな」

馬鹿じゃないの、と答えたのは喜多である。

「兄上とはいえ、それはいけませんよ」

「おい、その兄上は、そろそろやめろ」

「では……やい、左門の馬鹿者。どうして、そんな悪戯ばかりをするのです」

「ちょっと待て。いまの話は、子どものころの話ではないか」

「いまでも、あまり変わりません」

「それは、素直に育った、という意味だな」

「とんでもない。師匠の夕剣さんに、一から厳しく躾け直してもらったほうが、よろしいですね」

「ふぁん」

「ほらほら、またそんなおかしな返答をする」

「ふぇん」

「いいかげんにしなさいよ」

「いいかげんと、匙加減(さじかげん)は似てるな」

「まったく……これっぽっちも、爪の垢ほども似てません」

いいきる喜多の顔を指差しながら、左門は腹を揺すって笑っている。

「右門、おまえ、こんな女が本当に許嫁なのか」

「はい、もちろんです」

あっさりと肯定されて、左門は寝返りを打ち、背中を見せた。

あらためて捕物帳を見返していた右門は、左門に向かって、

「いまごろ、お光はどこにいるのでしょう」

「さぁな。頭をおろしたと俵の大木から聞いたから、死んだ連中の菩提を弔っているのではないか」

「そうですね。そういえば、三津右衛門は目が覚めたと聞きました」

「ほう」

「鉱毒が原因とわかって、順庵さんが毒消しを用意したといいます」

「やぶの医師か。たまにはいいこともするものだ」

順庵に対する左門の揶揄を無視し、右門は心配げに眉をひそめ、

「ですが三津右衛門も、以前のように働くのは無理でしょう」

「そのぶん、若夫婦が踏ん張らないとね」

喜多が、がんばってほしい、と応じる。

「ところで、甚五がよい働きをいたしましたね」

右門が、褒めたいいかたをすると、

「あぁ、お光を見張っていたからな。それがなかったら、あんなにすばやくは解

決できなかったであろうよ」

「甚五という男、本当にただの盗人なのですか」

　捕物帳をぱらぱらとめくりながら、右門が尋ねた。

「あの者の動きを見ていると、どうも、普通の盗人とは考えられないのですが。兄上はどう思います」

「そこよ……」

　そういうと、目を閉じる。

「あやつめ、最初に歩く姿を見たときから、ただ者ではないと感じたからのぉ」

「私は、兄上から盗人だと紹介されたので無視をしていましたが、ここのところ何度か会っているうちに、ただの盗人にしては目が澄んでいる、と感じるようになりました」

「へぇ」

「夕剣師匠も同じように思っているようです」

「だからといって、盗人ではないとも断言はできぬ」

「私は……あの者は隠密廻りではないか、と思っています」

「……つまり、密偵か」

隠密廻りとは、隠密廻り同心のことである。

同心には、定町廻り、臨時廻り、隠密廻りと三種ある。定町廻りは与力配下にいて、探索や下手人捕縛をおこなう。臨時廻りはその補佐。

そして、隠密廻りは与力配下ではなく、奉行直属であり、能力のある者が選ばれていた。

「あの物腰からして、おそらく剣術の修行もそれなりにこなしておりましょう」

「ほうほう」

「しかも、ただ、世情を流して見張っているだけではなく、なにかしっかりとした目的を持っていると睨んでおります」

「なるほど……隠密廻りか。あながち、まったくの見当外れではないかもしれぬな」

左門は、甚五のすばやさと、的確な目のつけどころを思いだしていた。

「それなら、ときどき姿を消し、あたらしい情報を仕入れられるのも当然だ」

「そうですねぇ」

「やつめ、盗人仲間から聞いてきたなどといっていたが、なんのことはない、奉行所から仕入れていたのか」

「いえ、まだはっきりそうと決まったわけではありません。簡単に牢屋に忍びこむところからして、依然として盗賊の線も捨てきれませんよ」

「いや、弟よ……おまえの目はたしかだ。兄が保証する。女選び以外の目はな、ふふふ」

まぁ、と喜多は目を丸くするが、

「いかれた兄上にいわれたくありません」

いい返した喜多に目を向けながら、左門は腹を叩いて笑い、ふと真顔になる。

「それはそうと、弟よ」

「……その顔は、景之進についてですね」

「さすが双子の弟だな」

「先日、住まいを訪ねてみました」

「永山家の屋敷はどこであったかな」

「飯田町の中坂をのぼりきった場所です」

中坂は、春川家のある今川小路から堀留へ向かい、俎板橋を渡って北へ向かった場所、九段坂と平行する坂道だ。

「屋敷に訪ねていったのか」

「はい、妹御が出てきて、兄は留守だといわれました」

そこで喜多は、妹さんを遠目だけど見たことがある、といい添えた。

「なかなか、可愛らしい人でしたね」

「はい。あの兄とはまったく異なった、きれいな目をしていました」

「あら、気になるの」

「はい、気になりました。こんな目の澄んだ妹御がいるのに、兄はなにをしているのか、と」

その言葉に、左門は苦笑するしかない。

「兄というのはいつの時代も、そうやって馬鹿にされるらしい」

「あら、兄という存在が大きな家族だっていますよ」

「ふぁん」

「誰かさんの兄上は、江戸湾の難破船みたいなものですけどね」

「……どういう意味だ、それは」

「邪魔なだけです」

「これはしたり。私は難破船か」

怒ると思いきや、左門は大笑いをすると、

「難破船も、ときには魚の住処になるからな。立派に意味はあるのだ。どうだ、まいったか」

もういいです、と喜多は横を向いてしまった。

「で、景之進はなにをしていると」

「毎日、朝早く出かけていき、深夜になって戻ってくるといってました」

「どこぞで独自に稽古でもしているのかもしれんな」

「はい、千代さん、あ、妹御の名前ですが……千代さんがいうには、近くにある稲荷神社の境内で木剣を振っているらしい、とのことです」

「あぁ、坂の途中に田安稲荷があるから、そこだろう」

「そうかもしれません」

剣術大会まで、残り二日である。

二

剣術大会を二日後に控えると同時に、喜多の名取の審査も、二日後に迫っている。

名取審査のときは、弟子たちだけではなく、近所の旦那衆や、天目を贔屓にしている者たちを招待する慣習になっていた。

さすがに自宅では、それだけの人を集めることができず、いい場所がないかと思案する天目に、夕剣が助け舟を出した。

「どうかな、私の道場を使ったら」

「でも、その日は、剣術大会が開かれるのではありませんか」

「いや、会場は、雉子橋付近の空き地を使う手はずになっておるのだ」

その周辺には御用地があり、誰のものともわからぬ空き地も広がっている。その一角に幔幕を張りめぐらせて開催する、と夕剣はいう。

「しかし……」

道場は、いわば命を取りあう戦いの場だ。

反して音曲は、戦いなどとは無縁の粋を競う芸である。

「なに、そのような剣呑な場所だからこそ、そのなかで、どれだけ粋を活かせるか。それを喜多さんに試してもらったらどうです」

「なるほど」

こうして、天目は夕剣の道場を審査の場として、決めたのであった。

その日の夕刻、天目は夕剣の訪れを待っていた。

道場を審査の場として活用するにあたり、どんな装いにしたらいいのか、打ちあわせをしよう、と夕剣が話してくれたからである。

会場の差配は弟子たちがおこなってくれるので、天目としてはそれほど心配はしていない。この間も、数人の弟子が、南條道場へ相談にうかがっている。

本来であれば話しあいは、夕剣の門弟と天目の弟子たちにまかせておけばいいのだ。

つまりは夕剣は、天目と一緒にいたいに違いない。

天目自身、そんな夕剣の気持ちを、ありがたく受け止めている。

鏡台の前で、口紅をひいたり頬紅をさしているところに、夕剣の声が聞こえた。

戸口に出てみると、いつもよりすっきりした顔の夕剣が立っている。

「あら、なんとなく、いつもと感じが違いますね」

「ふふ、ちょっとな。出がけに髪結いに行ってきたのだ」

いわれてみれば総髪がきれいにそろっている。

「まぁ、わざわざ」

「少しは二枚目になれたであろうか」

「夕剣さんは、いつも二枚目ですよ」

「それは嬉しい言葉」

ふたりで笑いあいながら、九段下の住まいを出て、歩きはじめる。

「あら、道場に行くのではないのですか」

てっきり、夕剣の門弟と天目の弟子たちが打ちあわせをしている、南條道場に行くのかと思っていた天目は、夕剣の足先を見て問う。

「いや、そちらについては、みなにまかせておけばいいでしょう」

「はい。では、私はいずこへ連れていかれるのでしょう」

「いいところです」

「まぁ」

「ま、そう思っていただけたら嬉しいのだが……」

「夕剣さんが一緒なら、どこでも楽しいに違いありません」

「それは、それは」

ふたりとも、一門の師匠としての威厳など、どこかに吹っ飛んでいる。

一ツ橋から神田橋御門を抜け、鎌倉河岸から本銀町に入った。

空は夕日に染まり、周囲の屋根が赤く光る。

本石町に入り、十軒店の方面に進むと、右側に小さな料理屋の入り口が目に入った。

夕剣は戸を開こうとして、

「む……」

戸にかけた手が止まり、

「天目さん、店に入っていてください」

「あら、夕剣さんは」

夕剣の顔は、さきほどの明るい表情から、硬く変化している。

異変を感じているらしい。

天目には、なにが起きているのか判断できない。夕剣が剣客の眼力で、なにか異変をつかみとったに違いない。

「大丈夫ですか」

心配の目を向ける天目に、夕剣は、

「ちょっと離れてきます」

といって、店前から通りの中心に向けて足を運んでいく。

まわりをきょろきょろと見くらべてみるが、天目には別段、おかしなことが起きているとは感じられない。

夕剣の思いすごしではないのか、と思ったが、夕剣が見誤るとは思えない。

すっと伸びた後ろ姿に見惚れていた天目だったが、そんな場合ではない、ともう一度、界隈を見まわした。

すると、それまでは見かけなかった侍が、小走りに夕剣の後ろを追いかけていく姿が目に入った。

「あれは……」

夕剣を狙っている、と瞬間的に天目は悟った。

右手を刀の柄に手をかけながら、小走りになっていたからであった。

男が横薙ぎに抜き放ち、剣先が上段に持ちあげられる。

剣術には暗い天目だが、その動きは、いかにも邪悪に見えた。

剣先がまさに振りおろされそうになったそのとき、

「危ない、夕剣さん」

思わず声が出た。

すると、剣が振りおろされた場所から、夕剣の姿が消えていたのである。

「え、夕剣さんはどこに」

男の剣は、地面まで振り落とされる予定だったに違いない。しかし、剣先は腰あたりで止まっていた。

斬りつける相手が消えたせいで、止めたのだろう。

夕剣はどこに消えたのかと目を凝らしていると、襲撃者もその場から動かず、気配をうかがっている様子であった。

と、男の背中が動いた。

夕剣の姿は、数間、横にあった。とっさに飛び跳ねたのだろう。あまりにもすばやかったため、消えたように見えたのだ。

「さすが夕剣さん……」

天目は、思わずつぶやいている。

やがて夕剣は、ゆったりとした足取りで、男の前まで戻ってきた。

なにやら話しかけているが、天目には聞こえてこない。

しばらくすると、夕剣の顔がゆがんだ。

腰に手をまわすと、柄に手をかけたように見えた。

斬りあいになるのか、とあわてた天目は叫んでいた。

「夕剣さん」

こちらを向いたのは夕剣ではなく、襲った男のほうであった。

天目は、ふたりめがけて駆けだしていた。自分の身が危険にさらされるとは、まったく考えもしなかった。

「夕剣さん」

とにかく男を遠ざけよう。それだけの気持ちで、必死に通りを駆け抜ける。

若い男がなにやら、夕剣に告げた。

夕剣が答えると、男はさっと踵を返し、天目の方向に走りだした。

天目の身体が硬直する。

しかし、男はそのまま、天目の横を通りすぎていったのである。

「よけいなことを」

すれ違いざま吐きだされた男の声は、まるで地獄から響いているように感じられた。

「無茶はいけませんねぇ」

戻ってきた夕剣は、言葉は怒りながらも微笑んでいる。

「すみません、夢中でした」

「わかります。天目さんのお気持ち、ありがたく思います」

「まぁ、そういっていただけると嬉しい」

天目は、夕剣の胸に顔を埋めた。

「いったんは、どうなることかと、冷静でいられませんでした」

「ふふ、私は強いから安心してください」

「はい、そうですね」

「以後、無茶はやめてくださいよ」

「はい」

「天目さん自身のためにも、そして」

「……そして」

「私のためにも……」

「まぁ……嬉しいお言葉」

道の真ん中で抱きあっているふたりを見て、職人風の男ふたりが、

「へいへい、なんだい、こんな場所で」

「あぁ、羨ましいぜ」

にやにやしながら、通りすぎる。

その声を聞いたふたりは、ようやく身体を離した。

「あら、私……なんてことを。はしたない」

「いえいえ、よい心持ちでした。天目さんの胸は温かい」

「いやな夕剣さん……」

「ところで、もうあの店に入る気はなくしましたか」

夕剣が不安そうに聞いた。

「いえ、夕剣さんが行くところなら、どこでもかまいません。あんな危険な目に遭ったあとですからね。しばらくは離れたくありません」

「それはありがたい」

ふたりは店に戻ると、今度こそ戸を開いた。

すぐに老齢の男が出てきて、夕剣を見て微笑む。

「おやおや、今日はおすましですなぁ」

「髪結いの効果であろうな」

「そうですね。いつもは、だらしなく放ったままですから」

「そんなことはないぞ」

仲がよさそうなふたりの会話を聞きながら、天目は笑みを浮かべている。

「こちらは、天目師匠ですね」

「あら、私をご存じなのですか」

「はいはい、南條の旦那が、いつもにやけながら話してくれますからねぇ」

「おい、三五郎、やめろ」

「へへへ、それはそれは、いつもでれでれと」

「まぁ、でれでれとしているんですか」

「な、なにをいうか。仮にも私は、南條道場の夕剣であるぞ。そんな、でれでれなどするものか」

「あら、していないんですか」

「いや、多少は……」

顔を赤くする夕剣に、三五郎と天目は大笑いする。

「ところで、さきほどの若い侍は」

「あぁ、あれが永山景之進だ」

「やはり、そんな気がしていました。どうして、あんな真似をしたんでしょう」

「その理由がわからぬのだ。聞いてみたのだがな、答えぬまま襲ってきた」

「しかし遠目ですが、あの剣からは、いやな感じを受けました」

「邪剣であるからな」

そこに三五郎が、口をはさんで申しわけねぇが、といいながら、

「永山さまのご子息がなにか」

夕剣が、いまそこで襲われたという話をすると、

「それはまた……とんでもねぇことですねぇ」

「景之進を知っているのか」

「へぇ、ここに店を移す前、あっしは魚の行商をやっていたんです」

「出入りをしていたと」

「南條道場はもちろんのこと、早乙女さまや永山さまのお屋敷には、懇意にさせていただきました」

「なるほど」

「噂ですが、永山さまのお父上は、いまご病気で臥せっておるらしいです」

「それは知らなかった。景之進は、それで気が荒れておるのかもしれぬ」

三五郎は、へぇ、と頭をさげてから、調理場に向かった。

「でも、父上がご病気で気が立っているだけで、師匠の命まで狙うでしょうか」

「そこがわからぬ。それに、いま景之進は喜多さんにしか目が向いておらぬよう

だからな。どうして私の命を狙ったのか」

「まぁ」

「さっきも、右門を斬って喜多を我がものにする、とまで、いいきっておった」

「……喜多さんが危ないのですか」

「いますぐ危険な目に遭わせるとは思えぬが……むしろ、右門に試合で負けたときに、あの危険な思いがどこに向けられるかわからぬ。いまの景之進の目は、獣と変わらぬからな」

「でも、その気持ちと、夕剣さんを襲った理由とはつながりませんね」

「それよなぁ」

　すると、奥から三五郎が戻ってきて、

「師匠を斬ることができたら、右門さんにも勝てるでしょう。おそらく、自分の剣を試したのではありませんかねぇ」

　夕剣と天目は、三五郎の推量に眉をひそめるしかなかった。

三

長助(ちょうすけ)は、あぐらをかいて甚五の前に座ったが、はぁ、はあぁ、と深いため息ばかりついている。

「なんだ、どうしたんだ」

「金をな、拾ったんだ」

「へぇ」

不審そうな目つきで、甚五は長助を見つめる。同じ長屋に住む長助は、いろんな理由をひねりだしては、甚五から金を借りようとする男だ。

しかし、いつもその金は、博打で消えてしまう。

「それはいい話じゃねぇか。それなのに、そんなため息をついているのは、どういうわけだい」

「あぁ、それがなぁ」

またもや、ため息をついて、

「なくなってしまったんだ」

「落としたのか」

「ちがう、夢だったらしい」

「なんだと……ふざけてるのかい」

「そう思われても、しかたがねぇが……」

長助の目は虚ろで、嘘をついて金を借りようとしているようには見えない。

「なにがあったか話してみねぇ」

「そのつもりで来たんだ」

「酒でも飲むかい」

「やめたんだ、酒は」

「それなら、俺だけ飲むぜ」

「あぁ、ひとりでやってくれ」

「……本当にやめたのかい」

「嘘じゃねぇ。本当にやめたんだ。これ以上、酒で失敗はしたくねぇからな」

「……おめぇの話は、なにがなんだかさっぱりわからねぇ」

「あぁ、おれもわからねぇ」

「馬鹿野郎、それじゃ、話にならねぇよ」

呆れ返った甚五は、長助を睨みつける。それでも長助は、肩をすくめるだけで、いつもの勢いはない。

「どうして、そんなに捨て鉢になっているんだ」

「捨て鉢にもなるじゃねぇか。拾ったと思った大金が、ひと晩にして消えたんだからな」

「夢だったんだろう」

「あぁ、それにしてはあまりにも、目の前に起きたような気がしていたから、がっかりしたんだ」

夢じゃしょうがねぇ、といいながら、甚五はふと興味が湧いた。左門が喜ぶかもしれねぇ、と感じたからだった。

「一から話してみねぇ」

「いいのか」

「そのつもりだったんだろう」

「あぁ、そうなんだ。だが、考えてみたら、ただの夢の話をしてもしかたがねぇかと思ってしまうぜ」

「まぁ、いいから話してみろよ」

「ありがてぇ」

肩をさげ、ため息をついてから、長助は語りはじめた。

その日、長助は仕事を途中で放りだし、親方や仲間の怒号を浴びながら、深川の現場から離れてしまっていた。

理由は、親方からもっと真面目にやれ、と何度も怒鳴られたからだった。

前日、博打に負けてしまい、妻のお良にも、こっぴどく怒鳴られたあとだったせいもあり、よけいにむしゃくしゃしていた。

「うるせぇ、やめてやらぁ」

つい啖呵を切ってしまい、現場から逃げだしたのである。

三十三間堂の前から、ふらふら歩いていくと、永代橋に出た。

大工になれたのはいいが、親方にはいちいち怒られ、いつになったらいっぱしの職人になれるかわからない。

こんな毎日を送っていてもしかたがねぇなぁ、と足元もおぼつかなく進み、佐賀町に出た。

そろそろ、空は暗くなりかかっている。

歩く人の顔もはっきり見えなくなっているのは、流す涙だけが原因ではないだろう。

「あぁ、もうおれは生きていてもしかたがねぇ」

仕事はうまくいかない、稼ぎも減らされる一方だ。

なんとか取り返そうとして手を出した博打も、負けっぱなし。

いまでは、博打の借金が百両はくだらないほどに膨らんでしまっていた。

そんな金は、一生働いても返せねぇ、と長助はどんどん気持ちが沈んでしまう。

真面目に働いていれば、こんなことにはならなかっただろう、と、ただただおのれの馬鹿さ加減に呆れているのだった。

空は、どんどん暗くなる。

佐賀町(さがちょう)には蔵が建ち並び、船着き場も同じように延びている。遠目にうっすらと影になって見えるのは、大きい太鼓形の新大橋だろう。揺れる光は提灯(ちょうちん)だ。

長助はいちばん近くに見つけた船着き場に腰を落として、小枝を拾うと水面を叩いた。

ぱちゃぱちゃと聞こえる音までが、沈んでいるように思えて、

「ち、大川までおれを馬鹿にしてやがる」

つい怒鳴ってしまった。

「この野郎、こんちくしょう、馬鹿野郎、親方がなんだ、くそぉ」

ばちゃばちゃ、と強く水面を叩き続けていると、

「おんやぁ」

浅瀬のあるところだけ、音が違った。

「なんだ……なにか落ちてるぞ」

何度も枝で水面を叩いてみると、水だけでなく、なにか物に当たっているような気がする。

「なんだ、なんだ、お宝だったら嬉しいがなぁ」

都合のいい台詞を吐いて上半身を傾けると、手を伸ばして探ってみる。

「くそ、なにもねぇ」

だが、そのうちに、指先が紐をつかんだような感触があった。

「魚釣りなんざおもしろくもねぇが、お宝釣りならいつでも歓迎だぜ」

長助は指先を曲げて引っかけると、一気に持ちあげた。水飛沫(しぶき)とともに、四角い袱紗(ふくさ)があがってきた。

さっそく開いてみると、油紙に包まれてはいたが、その下に見えたのはたしか

に小判包だった。

「これは……」

思わず、前後左右を見まわした。

「学のねぇおれでもわかるぞ。二十五両の包みが四つだとすれば……げげ、百両じゃねぇか……誰も見ていねぇだろうな」

幸い、周囲に人の姿はない。よし、といって長助は、それを懐にぶっこんだ。おかしな膨らみかたをしているが、そんなことは関係ねぇ、とそのまま立ちあがる。

「へへ、誰かが落としたのか、それとも隠していたのか知らねぇが、こうなっちまえばおれのものさ」

こんなところに隠しているほうが馬鹿なんだ、とばかりに船着き場から、佐賀町の通りに駆けあがった。

四

じっと聞いていた甚五は、目を丸くする。

「おい、長助。その金はいまどこにあるんだ」

「まぁ、話を最後まで聞いてくれ」

「なんだか、おかしな具合だなぁ」

「本当におかしな具合なんだ」

「それで、どうした」

「そこまでのおれは、あぁ、ようやくおれの人生にも大金がめぐってきたぞ、と本気で思っていたんだがな」

「さっさとその先を教えろ。これが草双紙だったら、まだろっこしくて売れねぇぞ」

「おれは本屋じゃねぇよ、大工だ」

「大工なら、最後まで組み立ててろよ」

「う……くそ、しょうがねぇ」

　意味不明のうめき声をあげてから、長助は続きを語りはじめる。

　佐賀町から湊橋を抜けて、小網町から小舟町（こぶなちょう）、さらに大伝馬町（おおでんまちょう）は避けて、人通りの多い日本橋も避けて、白壁町（しらかべちょう）、松田町（まつだちょう）から長屋のある小柳町まで、長助は一心不乱に走り続けた。

さすがに汗びっしょりになって、息もあがっていた。

これまでの人生で、こんなに走ったことはなかった。

いきなり戸をがたがたいわせて飛びこんできた、汗だらけの長助を見て、お良は、どうしたんだい、と手ぬぐいに水を含ませて渡してくれた。

「おう、ありがてぇ、さすがおれの女房だ。本当におめぇはいい女だぜ」

「……また博打ですったんだな」

「なにをいいやがる」

「それとも、悪い酒を飲んで頭がおかしくなってしまったのかい」

「馬鹿いうな」

「じゃぁ、なんだい。その不動の滝みたいな汗は」

「走ってきたからよ」

「どこから」

「佐賀町からだ」

「佐賀町っていえば、今日の仕事は、三十三間堂あたりじゃなかったのかい」

「あぁ、そうだ。だがな……」

思わず曇る長助の顔を見て、お良がため息をついた。

「やっぱりねぇ。いつかは、あの親方と衝突すると思っていたよ」

「いや、まぁ、そうなんだが」

「博打に行って、また負けて逃げてきたんだろう」

「だから、違うんだ、まったく違う。金輪際、博打はやらねぇ」

「……そうか、王子の滝ではなくて、狐に化かされてきたね」

「どうしておめぇは、そんなことしかいえねぇかなぁ」

「いままでのおまえさんを見ていたら、あたりまえだろうよ」

そうかもしれねぇ、と長助は落胆するが、

「いやいや、ちょっと待て。まずは、これを見てから文句をいえよ」

長助は、おもむろに懐に手を突っこんだ。

「なんだい、それは」

水に濡れた袱紗を見たお良は、首を傾げる。

「なんだか、小判包みみたいな形だけど」

「そうさ、その小判だ」

「またそんなことといって。私をかつごうったって、だめだよ」

「馬鹿なことを。本物だ」

「え……」

手を伸ばしてお良は袱紗を開き、なかを確かめる。そこには、油紙に包まれてはいるが、たしかに小判の包みがあった。

「それも、四個……」

目の玉が飛びだしそうな女房の顔を見て、長助は満足そうに、

「ほれみろ。どうだい、俺だって真剣になったら、これくらいは手に入れることができるんだ」

「しかし、おまえさん……」

「ああ、じつはなぁ」

拾ったんだ、とつぶやいた。

「あまり大きな声ではいえねぇからなぁ。おい、戸締まりをしっかりしておけ」

「それにしても……」

包みにそっと触れただけで、お良は手が震えている。

「そんな……拾ってきただなんて」

「あぁ、世の中には、これだけの金を落とした馬鹿がいるってぇことよ」

「佐賀町で拾ったのかい」

「そうさ。誰かが落として、そのままになっていたにちげぇねぇ」

「そうかねぇ」

「違うってぇのか」

「隠していたのかもしれないよ」

「馬鹿いうねぇ。船着き場の、それも水面の下に隠すやつはいねぇよ」

そういいながらも、長助は不安になる。

「たしかに、隠し場所としてはいいところかもしれねぇが」

あんな場所は、自棄になって水面を棒切れで叩いた長助でなければ、見つけることはできないだろう。

「あんた、盗んだのが見つかったら、殺されるかもしれないよ」

「ふん、もうおせぇよ」

どうせなら使ってしまおうか、と長助はにやける。

「使うったって」

「あぁ、使ってしまったら、なかったも同然だ」

「そんな理屈があるかねぇ」

「あるかないか、そんなことはどうでもいいんだ。とにかくいまここに、目の前に、百両あるんだ」

「そうだねぇ」

長助の言い分に、お良もついその気になりはじめたらしい。

「じゃぁ、使ってしまおうか」

「あぁ、酒を買ってこい。そうだ、尾頭付きの魚も食ってみてぇぜ」

「どうせなら、煮物だって、卵もどうだろうねぇ」

「こんな刻限じゃ、店が開いていねぇかもしれねぇ」

大丈夫、とお良はいった。

「美濃屋さんなら、まだやってるよ」

美濃屋とは、鍋町の通りにある料理屋の名前だ。そこに行って出前だといえば、持ってきてくれるのではないか、とお良はいうのだった。

「おう、それがいいぜ。どんどん持ってこさせろ」

「いきなり大金を手にしたなんていえないけど、どうしよう」

「なぁに、急に金持ちの親戚が出てきたから、じゃんじゃん運んでくれ、とでもいえばいいさ」

「あんた、こんなときは頭が働くんだねぇ」

「あたぼうよ。やる気になったら、俺だってこれっくらいはできるんだ」

ふたりは有頂天になってしまったのである。

「おいおい、それが夢なのかい」

甚五は呆れ顔しながら聞いた。こいつは頭がおかしくなったのではないか、とでも問いただしそうな目つきである。

「だから、最後まで聞かねぇとわからねぇんだ」

またもや大きくため息をついて、長助は続きを語りはじめる。

有頂天になったお良はさっそく美濃屋まで出かけて、戻ってきたときには、酒を抱えていた。

「おう、これだ、これだ」

長助は嬉しそうに欠け茶碗を取りだし、酒をなみなみと注いだ。

「ふふ、うまいじゃねぇかい、えぇ。どうだい、おまえもたまには」

「そうかい、じゃ、口をつけるだけだよ」

そうしているうちに、美濃屋から小僧が大量の料理を運んでくる。

「親戚がいるということでしたが……」

小僧は部屋を探る。いるのは、長助とお良だけだ。

やや不審に感じたらしいが、

「あぁ、いまちょっと買い物にいってるんだ」

「へぇ、そうですかい。では、おありがとうござい」

叫ぶと小僧は、どぶ板を踏みつけながら戻っていく。

小僧が消えると、長助はがんがんと飲み食いをはじめた。お良は、もっぱら食い気のほうだ。

飲んで、食って、飲んでまた食って。

ふたりは、さんざん食い散らかして、部屋のなかは、酒と食べ物の匂いで充満する。

やがて、酔っ払った長助は、そのまま寝てしまった。お良はまだ食い足りないのか、長助が残した魚やら煮付けなどに箸を使っていた。

長助のいびきは、長屋中に響き渡っていたことだろう……。

そこまで聞いていた甚五は、

「もういい」

と手を振って、やめさせた。

「なんだい、ここでやめたら、オチがねぇよ」

「そんなのはもう聞きたくねぇ。それが、すべて夢だったっていうんだろう。くだらねぇ。聞いただけ損したぜ」

「だから、まだあるんだって」

しぶしぶ甚五は、じゃぁ続けろ、とつぶやいた。

五

翌日、長助は頭を抱えながら目を覚ました。

「あれ……」

昨日、すっかり飲んで食ったりした形跡が、まるでないのである。

おそらく、お良が片付けたのだろう、と長助は気にせずにいた。

宿酔（ふつかよ）いなのか、頭が痛い。それでも長助はにやにやしながら、

「お良、昨日の続きをしようじゃねぇか」

「え……」

「だから、昨日の続きよ」

「なんの続きだっていいたいんだい」

「おめぇ、大金を手にして頭がおかしくなったのかい」

「……なにがいいたいんだろうねぇ」

「おいおい、いいかげんにしろよ」

「だから、なんの話さね」

長助は、あまりにもお良がおかしな言葉を吐いているために、しげしげと顔を見つめてしまう。だが、いつもの仏頂面をした女房のお良だった。

「本当に大丈夫か」

長助は、おそるおそる聞いてみる。

「……おい、おれは昨日、酒を飲んだよなぁ」

「あぁ、たらふくね」

「そうか、それはよかった」

「よくなんかないよ。酒なんか買う金はない、というのに、あんたは私の着物を質に入れろ、と威張りまくってたじゃないか」

「なんだと」

「ふん、それでいい気持ちそうに、いつまでも寝ているんじゃないよ」

「待て、待て」

「なにを待てというんだい」

「おれは、昨日というか、昨夜はおめぇの着物を質に入れたのかい」

「とんでもない話だよ」

「ちょっと待て。じゃぁ、あの百両はどうした」

「なにを馬鹿なことをいっているんだい」

そんな金があるなら見せてほしい、とお良はいうのだった。

長助の頭は混乱の極みである。

「こ、これはどうなっているんだい」

「それはこっちが聞きたいよ。早く、私の着物を質屋から取り戻してきておくれよ」

「質屋って、白壁町の七曲り屋か」

「そこ以外あるなら教えてほしいよ」

「じゃ、じゃぁ、美濃屋はどうした」

「あんな高級なお店と、かかわりなんざ金輪際ないよ。いつかはたらふく食べてみたいもんさ」

「本当か」

「嘘なんかいって、どうするんだい」

「本当に百両はねぇのかい。おれが佐賀町の船着き場で拾ってきた百両は、どこに行ってしまったんだい」

「なんだね……さっきから百両、百両って」

お良は、不機嫌な顔つきで長助を睨みつける。

「ちょっと行ってくらぁ」

あわてて、長助は外に出た。

「くそ、美濃屋にいけばわかる。あれだけ運んできてもらったんだ。それを忘れているはずがねぇ」

小僧がいたから、本当のことがわかるはずだ、と長助は鍋町の通りに出ると、美濃屋に飛びこんだ。

いらっしゃい、という威勢のいい声が飛んでくる。

出てきたのは、昨夜の小僧である。

「奥が空いてますよ」

「おい、おめぇ、昨夜、うちにきた小僧だな」

「……なんの話です」

「もう忘れたのかい」

「なにをですか」

小僧はきょとんとした目つきで、長助を見つめる。

「早く入らないと、奥はすぐに埋まりますよ」

「そうじゃねぇ。おめぇ、昨日、おれのところに食い物を運んできただろう」

「昨夜ですかい」

「あぁ、そうだ。思いだしたか」

「さぁねぇ。昨夜は、お客さんが少なかったから覚えてますけど、どこにも運んだりしていませんけどねぇ」

「なんだと……本当かい」

「こんなことで嘘いっても、小遣いにはなりません」

そういい置くと、小僧は奥に引っこんでいった。

長助は、呆然としたまま美濃屋の暖簾をくぐり、外に出る。

大八車が通りすぎたところで、

「危ねぇなぁ。どこに目をつけてるんだ」

怒鳴られて、さらにしゅんとなってしまったのであった。


甚五は唸りながら聞いている。

「いったとおりじゃねぇか。つまりは、みな夢だってぇことだろ」

「そ、それはそうなんだが、とにかく本当にあったことみてぇな夢だったのさ。袱紗や小判の包みの手触りも、そのあと飲み食いしたご馳走や酒の味も……あれがすべて幻だったなんて、おれはとても信じられねぇ。ただ、お良がいうにはなぁ、おれが戻ったときは、もうすでに酔っていたっていうんだ。だからかもしれねぇがな……」

「じゃぁ、そんな夢幻を見るところまで、どこで飲んだんだ。起きたときに宿酔いだったのは、たしかなんだろう。だったらどこかしらで、酒を浴びるほど飲んでるはずだ」

「あ、あぁ、それがまったく覚えがねぇ」

「飲みすぎて、みんな忘れてしまったのかい」

「お良はそういうんだがなぁ」

どこで飲んだのかもさっぱり覚えていねぇ、と長助は肩をさげる。

「わかった。じゃぁ、探してみようぜ」

「なにを」

「昨夜、おめぇがどこで飲んだのか、それを探るんだ」

「そんなことができるもんか」

「まずは、お良さんに聞いてみよう」

「女房は、怒りまくっているから、話にならねぇと思うぞ」

「おれが聞いたら、そんなことはねぇだろうよ」

「あんたとは、まともに話をしたことはねぇだろう」

「そこはおめぇが、きちんと説明すんだよ」

「なにをいえばいいんだ」

「どうしようもねぇ馬鹿だな、おめぇは。早く質屋から着物を取り返すためにも、昨夜、どんなことを話したのか、どこで飲んできたといったのか、とにかく覚えているかぎりを教えてくれって頼むのさ」

「ははぁ」

「そういえば、質屋から取り戻す金はあるのかい」

「あ、それも借りにきたんだ」

「まったく、おめぇってやつは」

「あぁ、自分でもいやになるぜ」

顔をしかめながら長助は、力を落とした。

甚五は立ちあがり、さぁ、行くぞ、と長助をうながした。

気の進まぬ様子で腰をあげた長助は、やっぱりお良に聞かなければだめか、と力なく尋ねる。

「あたりまえだ。そうしなきゃぁ、昨夜の行動がわからねぇ」

「そうだなぁ」

「いまのままで終わっていいのか」

「よくねぇ」

「じゃぁ、早く行くぞ」

甚五は自分でも物好きだと苦笑いしながら、外に出た。

ちょうどお良は、井戸端で洗濯をしているところだった。甚五と長助を見るや、面倒そうな顔つきになる。

盥（たらい）を抱えてお良は戻っていこうとするが、長助は、しばらくぐずぐずしていたあと、甚五に背中を押されてお良を追った。

自宅の戸を開けてみると、なかにいたお良は、甚五の顔をまともに見ようとしない。よほど怒っているらしい。

「お良、おれは昨夜、どこで飲んできたのか、なにか話をしたかなぁ」

「知りません。なにしろ、へべれけだったんだからね。それも覚えてないんだろうよ」

「そうなんだ、すまねぇ……怒るのは無理もねぇ」

「ふん、もうあんたには愛想が尽きたよ」

「もう、俺は酒をやめるぜ。そう決めたんだ」

「信用ならないね。いままで何度となく、裏切られてきたから」

「いや、今度こそ、本当に懲りた。もう酒は飲まねぇ。真面目に働く。本当だ、そう決めたんだ」

お良は横を見たまま、

「どうせ、甚五さんに七曲り屋に行く金を借りたんだろう」

「ばれてるんじゃしょうがねぇ。そうなんだ」

それまで長助の陰にいた甚五は、前に進み出る。

「お良さん、旦那もこういっているんだ。まぁ、なかなか勘弁はならねぇと思うが、なんとか話を聞かせてくれねぇかなぁ」

「なんの話です」

「長助が、昨夜どこで飲んできたか、それについて話をしたかどうか、それが知りてぇんだけどねぇ」

そんなことを聞いてどうなる、とお良はすげない返事である。

「こいつはまだ、自分が百両拾ったと思っているんでね、それはまったくの夢でしかねぇ、と教えてやるんですよ」

「そうですか。だけど、戻ってきたときには、本当に正体不明のような感じだったからね。どんな店に行ってきたのか、誰と飲んでいたのか、そんな話はまったくしませんでしたよ」

するると、そこに大きな声が聞こえてきた。

「おおい、盗人はおらんのかぁ」

左門の声だった。

「盗人って誰のことです」

お良が目をむきながら、甚五を見つめる。なぜかその目には、恐怖の色合いが見え隠れしている。

「お良さん、心配はいらねぇよ。あれは、あっしのところに来る、馬鹿侍の声ですから」

「誰が馬鹿侍だって」

戸口の外から声が聞こえたと思ったら、がらりと戸が開いた。

年齢のわりに、なんともいえぬ風格が漂う若侍が姿を見せた。

「やはり、ここだったのか。おまえの声は風に乗るから、すぐわかるのだ」

「左門さん、ここは、こちらの夫婦の住まいですから」

「そんなことはわかっている」

そういって左門は、お良の顔をじっと見つめると、

「おかみさん、こんな男とは、とっとと別れたほうがいいようだな」

「……なんです。お侍さまとはいえ、うちの亭主を馬鹿にするなら出ていってください」

「おやおや、やはり、ろくでもない亭主でも、情はあるらしい。よかったなぁ、そこの亭主さん」

「へ……あの、へぇ、ありがとうさんです」

「なに、気にするな。おい、あっちで待ってるぞ」

左門は、井戸端に向かっていった。

「お良さん、すまねぇ、あれでも三千五百石のご大身の息子さんでして。まぁ、世間知らずの馬鹿息子と思ってください」

お良は、かすかにうなずきはしたが、

「盗人とは、なんの話です」

「私を呼ぶときに、わざとあんないいかたをしているんです」

「そうですか」

甚五の言葉に、安堵の表情を見せる。

「盗人という言葉に、気になる話でもあるんですかい」

甚五の問いに、お良は答えず、

「とにかく、お帰りいただくか、七曲り屋に行って、預けものを取り戻してきてください」

それからは、いっさい口を閉じてしまったのであった。

六

左門は井戸端で、洗い物をしているおかみさんたちと談笑していた。

甚五が不思議そうな目で、左門を見つめる。

「へぇ、左門さんにも、そんな面があったんですねぇ」

「そんな面とはなんだ」

「長屋のおかみさんたちと、仲がよさそうに見えました」

「屋敷の賄方やら出入りの者たちと、よく話をするからな」

「なるほど」

「捕物名人は、世情に通じておらねばならぬのだ」

「へぇ」

「おまえ、また馬鹿にしておるな」

「してませんよ、感心しているんです」

甚五の顔は、本気で答えているようである。

「ほう、盗人は嘘つきだと思っていたが、たまには本当のこともいうらしい」

「まぁ、それはそうと」

「話を変えたな」

甚五は振り返って、ぽつんと突っ立っている長助を見てから、

「一緒に行きますかい」

「どこにだ」

長助に起きた話を簡単に説明すると、左門の目が輝きだした。

「ほうほう、それはおもしろい」

「そういうと思いました」

「夢もまた、ひとつの現実かもしれぬぞ。それぞれに、異なる世界があるやもしれぬ。たとえばあの世などは、目に見えぬ世のひとつであろう」

「そうですかねぇ」

死んだらなんにもねぇ、と甚五はいった。

「地獄だってあるではないか」

「それは、坊主どもがあっしたちを脅かして、金を取る手段でしょう」

「ふむ、まったくいいかげんな話ではないと思うがなぁ」

「そんなことより、行くんですか一緒に」

「行く、行くぞ」

こうして、左門は道々、長助に起きた不思議な話を聞きながら、佐賀町に向かったのである。

長助は、夢のなかで走りまわったはずの道をたどることにした。左門が要求したからである。

途中、思いだしたことがあったら口にするように、と命じられたが、まったく覚えていない。

「そんな馬鹿なことがあるか」

左門は、よく考えろ、という。

「へぇ、しかし、あっしはとにかく夢中でしたから」

「覚えておらぬのか」

「覚えているかどうかもわかりません」

「馬鹿か、おまえは」

「そうかもしれねぇ……」

本気で長助は答える。

「……本物の馬鹿に馬鹿とはいわぬから、安心しろ」

「へぇ、それはありがてぇが、でも」

「まぁ、暗かったということもあるだろうからな」

「そういっていただけると助かります」

三人は早足で歩く。そのために、道行くまわりの人々を、どんどんと追い越していく。

「おい、長助。そういえば走る途中で、誰かに会ったりしておらぬか」

「それは……ありませんねぇ」

できるだけ人がいねぇところを走った、と長助は答えた。

「そうか。まぁ、盗人の真似事をしたのだ。逃げたい気持ちは、甚五がよくわかるであろう」

「いま、そんな話をするときじゃありません」

「いつするのだ」

「少なくとも、いまではありません」

「そうか」

やがて、左門たちは佐賀町に着いた。

昨夜と同じように、周辺には大きな蔵が建ち並んでいる。船着き場も同じであった。

違っているのは、陽が出ているか、月が出ているかである。

長助は昨夜を思いだしながら、件の船着き場を探す。

「こっちだったかなぁ、これか」

いや、違う、などぶつぶついいながら探しまわっていると、

「あった、あった、ここです。あの枝で、おれは水面を叩いたんだ」

「なにゆえ、そんなことをした」

「それは……」

「いえなければ、いわずともよい」

「いえ、親方の悪口をいって、水面をぶっ叩いていました」

「それで気が晴れたか」

「へぇ、金が出てきたので」

「それはたしかに、気が晴れたであろうなぁ」

左門は大笑いしながら、船着き場へとおりていく。

昨夜と違って、川には石舟や荷足船が流れていた。蔵前で荷をおろしている連

中もいた。

幸い、長助が金を見つけたところには、誰もいない。

左門は長助に、昨夜と同じことをやってみろ、と命じた。

うなずいた長助は、枝で水面を叩きはじめる。

「おい、昨夜を忠実に再現するんだ」

「あの、親方の悪口もですかい」

「あたりまえだ」

わかりやした、と長助は水面を叩きながら、

「この野郎、こんちくしょう、馬鹿野郎、親方がなんだ、くそぉ」

と、同じ台詞を吐きだす。

それを聞いた左門は、やんややんやと手を叩いた。

「おもしろそうだ。私もやろう」

「ばっかやろう、父上がなんだ、右門がなんだ、喜多がなんだ、くそったれ」

いいながら、左門は大笑いを続ける。

「どうだ、甚五、おまえもやらぬか、楽しいぞ」

しぶる甚五に、左門はあたりに落ちていた小枝を渡して、やってみろ、とふた

たび誘った。

じゃぁ、ちょっとだけ、といって甚五もとなりに座り、叫びだす。

「俵の大木がなんだ、お奉行がなんだ、早乙女がなんだ、くそったれぇ」

川面を叩きながらの、くそったれ、馬鹿野郎、こんちくしょう、と三人のお囃子がはじまった。

興が乗った三人は、思いっきり声を張りあげ、水面を叩き続ける。

ばしゃばしゃと水が跳ねあがり、三人の顔は水滴だらけになった。

道行く連中は、なにがはじまったのか、と足を止める。新しい宗教とでも思ったかもしれない。


ひとしきり騒いで落ち着くと、左門は長助に聞いた。

「どのあたりで金を拾ったのだ」

「へぇ、このあたりですかねぇ」

長助は、手を伸ばして身体を傾ける。手を水の中に突っこんでみると、

「あれ……まただ」

「なにぃ」

「また、なにかが手にあたりました」

長助は、それをつかんで引きあげた。ぐしょぐしょに濡れた袱紗包みである。

「これは……昨日と同じだ」

「見せてみろ」

左門が長助から袱紗包みを渡してもらい、開いた。なんとなかから、小判包みが四つ、出てきたではないか。

「これはなんだ、どうしたんだ」

左門が、素っ頓狂な声をあげる。

「長助、おまえは特異な才を持っておるのかもしれぬな」

「へ、なんです、それは」

「おまえは、夢で先を見通す千里眼を持っておるのだ」

「へ、まさか」

「だが、おまえが見た夢と、同じことが起きたのであろう」

「へぇ、これと同じものを持って帰ったんです」

「そうであろう、そうであろう。それは、正夢だったのだ。つまりおまえは、とんでもない力を持っているということになるのだぞ」

「いいから、いいから。そうなれば、江戸中に長助の夢お告げはすばらしい、と
「しかし」

「そいつらに、でかでかとこの話を書かせろ」

「読売……瓦版屋ですかい」

「まず、いちばん最初におこなうのは……そうだな、読売を集めろ」

怪しいものだ、という顔つきをする甚五に、左門はいい放つ。

「馬鹿いうな、私はいつも本気で生きておる」

「……まさか本気じゃねぇでしょうね」

「気にするな。おい、甚五、手伝え。これから長助を教祖にするぞ」

「やめてください。あっしにそんな力はありません」

「よし、私が金を出してやるから、おまえ、あらたなる夢お告げの教祖になれ」

「そうなりますかい」

「ならば、夢のお告げがあったのではないか」

「まぁ、そうですが」

「事実、こうやって、夢と同じ袱紗が出てきたではないか」

「まさか」

広めることができる」

「本気ですか」

「だから、私はいつも本気だ」

「しかし」

　それでもしぶる甚五と長助に、左門はさらに続けた。

「これがうまくいったら、おまえたちの前には、千両箱がふたつ三つと積みあげられることになるぞ。想像してみよ。楽しいではないか」

「それこそ、夢物語のようで、まったく想像できませんや」

　長助は困惑しながら答えた。

「心配はいらぬ。この私にまかせておけばいい」

　とうとう甚五と長助は、左門に押しきられてしまったのである。

七

「兄上、明日は大会ですよ」

　翌日の朝、早乙女家の玄関である。

右門が剣術道具の一式を抱えながら、玄関広場に立ち、ぶらぶらしている左門に話しかけている。

昨夜に聞いた、教祖を作りあげるという左門の話に、さすがの右門もいささか呆れていた。

「みな大会に向けて稽古に励んでいるというのに……兄上は、千両箱を積みあげる話ですか」

「ふん、おまえまで騙されるとはな」

「え……」

「よいか、夢のお告げなどあるわけがない」

「私もそう思います」

「ならば、どうしてこの捕物名人の早乙女左門さまが、読売たちを集めるか考えてみよ」

「ははぁ……」

右門は、わかりました、と答える。

「その出来事を広めて、今回の一件を画策した連中を、あぶりだそうというわけですね」

「やっと気がついたか」

「さすが、兄上。私の上をいきます」

「……なんか馬鹿にされているような気になるのは、なぜだろうかの」

「まさか。そもそも、誰も兄上を馬鹿になどしていませんよ」

「喜多は違うぞ」

「それは、兄上のことが好きだからです。わざとそんなことをいって、楽しんでいるのです」

「なんと、おだやかな話ではないな」

「もちろん、私の兄として好き、という意味です。親類としての話ですから、ご心配なく」

「……そうであろうな」

わはは、と左門は口を開きながら、

「とにかく、これから読売の連中に向けて、おおいなる法螺(ほら)を吹いてこよう」

「理由はわかりましたが、剣術大会はどうするんです。まさか、欠席などはしませんよね」

「どうせ、おまえに負けるのだ。出ても同じだろう。それより、摩訶不思議な捕物にかかわっていたほうが楽しい」

「それはいけません」

　ふと、右門の目に陰りが生まれた。

「景之進の件か……あれから、やつはどうしておる」

「先日、もう一度、千代さんを訪ねてみましたが、まったく音沙汰はないようです」

　そうか、と左門はうなずきながら、

「まあ、大会には出てくるだろうからな。そのとき、やつの顔がどんなふうに変化しているのか、剣がどれだけ邪に向かっているのか、あるいは戻っているか、判明するであろう」

「兄上にはいてもらわなくては。私ひとりでは対処できません」

「そうおだてるな。まぁ、大会には出るつもりだから心配無用」

「それを聞いて安心しました」

　では御免、といって、右門は通りへ向かっていった。

　入れ替わりに、甚五がやってきた。玄関口でぶらぶらしていたのは、左門がひとりになるのを待っていたらしい。

「みんな集まりました」

「よし、長助はどうした」

「へぇ、いわれたとおり、天草四郎のような格好をさせてます」

「ふふ、どうだ、楽しいであろう。高ぶるであろう」

「楽しんでいるのは、左門さんだけでしょう」

「これはしたり。もっと喜べ」

「お良さんの顔がすぐれません」

「ははは、理由はわかっておる。長助が金を拾って持って帰ったのは、事実なのだろう。だが、お良はそれを夢にしてしまった」

「金を独り占めする気でしょうか」

「それもあるな」

「女は恐ろしいですぜ」

甚五は本気で身体を震わせている。

「ですが美濃屋は、出前のことなど知らない、といってましたが」

「そんなことは簡単だ。お良が金を使って、そういわせただけだろう」

そのくらいの金は残っている。

「ますます、女は恐ろしい」

「恐ろしいと考えていたら、恐ろしいおなごしか近づかぬようになるぞ」

「まさか」

「言葉には力があるからな。いい女が寄ってくると思えば、まわりはいい女だらけになる。世とはそんなものだ」

「さいですかねぇ」

「まぁ、そんなことより、長助は楽しもうとしているか」

「困惑しているのは、たしかだと思いますがね。夫婦ふたりとも、こんなことしていいのか、と考えているように見えます」

「ふたりには、悪人をあぶりだす囮になってもらうしかないのだ」

「やはり、そうでしたか。夢のお告げなんざ、左門さんが信じているとは思えませんからね。なにか裏があると思っていました」

「あたりまえだ。夢にお告げの力があるなら、雨にもお告げがあるだろうよ」

「……はて、なんの謎かけですか」

「雨が小粒の銀なら……」

「はて、ますますわかりません」

「深く考えるな」

読売が集まっている場所は、小柳町から少し離れた稲荷神社の境内だ。

そこに、五人ほどの瓦版屋を集めている、と甚五はいった。

「もっとも、それ以上に野次馬が大勢いまして、小さな境内には人があふれていますぜ」

「おもしろくなってきたぞ」

「でも、こんなことをして、本当に首謀者が現れるのでしょうか」

「絶対に来るな」

「どうしてわかるんです」

「昨夜の夢見がよかったからな」

「………」

呆れる甚五を無視して、左門は、裏神保小路から柳原に向かって進みだした。

名取の審査を明日に控えて、喜多は珍しく緊張している。

ときどき、バチを持つ指がいうことをきかなくなってしまうのだ。

「どうしたんです。心が硬くなっているようですね」

師匠の天目が、笑みを浮かべた。

「あなたなら大丈夫ですから、心の力を抜くんですよ」

「はい」

師匠の言葉はありがたかった。

普通ならば、肩の力を抜けといわれるのであろう。しかし、心の力を抜けといわれて、

……そうだったのか。

と得心する。

たしかにここ数日、心の力が入りすぎていたのかもしれない。

もっともその原因には、名取審査のこともあるが、景之進の動向も気になっていたのである。

「あやつは、いま狂犬に違いない」

という左門の言葉が、心に突き刺さっている。そのため、緊張が解けずにいたのかもしれない。

「お師匠さんのいまの言葉で、気持ちが軽くなりました」

「それはよかった」

三味線の音が急激に明るくなり、あわせる声にも張りが出る。

「その調子、その調子」

こうして審査前、最後の稽古が終わった。

「ふぅ、ようやく気持ちが高ぶってきました」

「喜多さんなら、大丈夫ですよ」

「はい、ありがとうございます」

「あとは、みなさんの前で、さっきみたいに心を硬くしないようにね」

「はい、心の力を抜く……肝に銘じておきます」

「いろんなかたが聞きにきますからね。晴れ舞台ですよ」

「お師匠さん、あまりいわれると、また緊張がぶり返します」

「ほほ、これはいけませんね」

ふふふ、とふたりは笑いあう。

「それにしても、まさか南條道場で審査が開かれるとは、夢にも思っていませんでした」

「なかなかいいでしょう」

「それは、お師匠さんの気持ちが高ぶるからですか」

「あら、なにをいうんです」

「違いますか」

「それはまぁ、申し出をいただいたときはびっくりして、それから、嬉しい、と感じましたよ」

「そうでしょう、そうでしょう」

「なんだか、早乙女左門さんの言葉遣いが移ってしまったような……」

天目が笑うと、喜多は、まぁ、いやだわ、とはにかんだ。

「まずは、永山さまの件はいったん忘れて」

「はい、審査に集中します」

それがいい、と天目もうなずいた。景之進の件は、女がどうあがいても対処はできないだろう。

「いざというときには、夕剣さんが助けてくれます」

「はい、右門さんもいますから」

「左門さんもね」

「あまり頼りにはならないかもしれませんが」

「そうねぇ、左門さんは突拍子もない言動をとりますからねぇ」

「そうなんです。頼っていいのか、諦めたらいいのか、判断に困ります」

それでも喜多は、右門と同じように左門も認めているに違いない。天目は喜多の表情を見て、そう感じる。

稽古が終わり、喜多は、どうするか、としばし思案する。

このまま今川小路の屋敷に戻るか、それとも南條道場に行って、右門の稽古姿を見るか、と考えていると、

「おい、白壁町の神社で、早乙女さまのご子息がなにやらはじめるらしいぜ」

「なにをはじめるって」

「さぁ、よくは知らねぇが、夢のお告げがなんたらかんたら」

「怪しげだなぁ」

「早乙女さまの兄さまのほうは、なんか楽しい人らしいからな」

「よし、行ってみべぇか」

「行くべぇ、早く行くべぇ」

職人風のふたりは、いきなり駆けだした。

「白壁町の神社……」

おそらくあそこだろう、と喜多は三味線を抱え直すと、

「なにをはじめようとしているんでしょう、あの兄上は」

薄ら笑いをしているが、

「なにやら、高ぶってきました……おっと、これ左門さんの口癖よ」

思わずつぶやいて、声に出して笑ってしまった。

おかしな言葉遣いは、伝染するらしい。

八

白壁町の神社では、境内から野次馬がはみだしている。なかに入ろうとする者と、入れまいとする者たちで、おしくら饅頭がはじまった。

人の整理をしているのは、なんと成二郎である。

「こらぁ、これ以上、押しあうと人形倒しになって、死人が出るぞ」

大きな声で叫び続け、それでも効果がないとわかると、弱気な愚痴を吐いた。

「……まるで、大芝居の幕開けと同じだ」

新年に開かれる芝居の興行はとくに人気があり、満員御礼が連発されるほどである。

だが、いまは正月でもなければ、大芝居でもない。

「これは芝居じゃねぇぞ」

成二郎は叫んだ。

人混みから外れたところで、甚五は天草四郎のような格好をした長助にささやいている。

「いいか、おめぇは、よけいなことはいわなくていいんだ」

「へぇ、黙っていていいんですね」

「あぁ、それだけでいい。あとは、みな左門さんが進めてくれる」

「でも、こんなに人が集まって……」

不安そうにする長助に甚五は、心配はいらねぇ、と肩をつかんで、

「おめぇの夢お告げは一流なんだ。胸を張れ」

へぇ、と首まわりが苦しいのか、甚五は蛇腹になった襟を押したり引いたりしている。

少し離れた場所で、お良の顔は真っ青だった。そわそわしているのは、逃げ出したいからだろう。ほんの出来心の嘘がとんでもない話になってしまった、と考

いた。

そんなまわりの思惑などどこ吹く風と、左門は群衆を見つめ、高笑いを見せていた。

「おい、長助。どうだ、これでおまえたちは千両箱を目の前に積めるぞ」

「へぇ……」

「なんだ、なんだ、その表情は。もっと教祖らしい顔をしろよ」

「教祖らしい顔って、どういうんですかねぇ」

「そうだな、鼻の下を伸ばして、集まった女の顔を舐めまわすように見ていろ」

「そんなことでいいんですかねぇ」

「教祖なんてぇのは、みんなそんなものだろうよ」

いずこかの本物の教祖が聞いたら、目をむいて怒りそうな言葉を口にする左門に、お良が近づいてきた。

「早乙女さま……」

「よいよい、気にするな。すべてはお見通しだ」

「え」

左門は顔を前に出すと、お良の耳になにやらささやいた。

「え……それでは」

「あぁ、だからもっと威張りちらしてくれたほうがよいのだ」

「しかし、あそこに……」

お良の目の先には、美濃屋の面々がいるのだった。

「なに、気にするな。成二郎さんが適当に話をまとめてくれている」

「助かります」

「よいか、威張っておれよ。できればみなに、教祖の女房は悪女だと思わせてもらいたい」

「そんな……」

「教祖の女房とは、そんなものだからなぁ」

わははは、と高笑いをしてから、

「じゃ、威張っているんだぞ。頼むぞ」

念を押してから、左門は少し小高くなっている場所に足を向けた。

高いところにのぼった左門は、群衆を見渡す。

目の前に集まっているのは、瓦版屋の連中だろう。手ぬぐいで頬かぶりした者や吉原かぶりをした者たちが、集まっているのだった。

「ふむ、五人ということであったなぁ」

人数を数えてみると、六人いた。

「おや……」

左門はすぐさま甚五を探す。すると長助のとなりで、なにやら吹きこんでいるようである。

「おい、ぬす……」

いつものように、盗人といいそうになったが、さすがにここではまずい、と考え直す。

「おーい、甚五ちゃーん」

呼び声に気がついた甚五が、苦笑しながら左門のそばに寄ってきた。

人が集まっているせいか、なかなか進まない。そんな人混みを掻き分けながら、ようやく左門の前に顔を出すと、

「……なんです」

「おい、瓦版屋は五人といってたと思うが」

「そうですが」

「ひとり増えたのか」

「誰かが仲間を連れてきたのかもしれません」

そういって甚五が数えると、五人しかいない。

「嘘はいけませんぜ」

「なにぃ」

あわてて左門が集団を見やると、さっきまでいたはずの瓦版屋らしき男の姿が消えている。

「あの野郎、逃げたか」

「見間違いじゃありませんかい」

「私がそんな間抜けに見えるか」

「はい」

「むかぁ、まぁ、よい。いや、待て……」

いた、あの顔だ、と左門は指差した。

男が、群衆に分け入りながら、境内から出ようとしているところであった。銀鼠の小袖を着て、裾を持ちあげている。まさに、逃げようとしている体勢だ。

「むかぁ……逃げていく」

高場からおりた左門は、甚五に向かって叫んだ。

「あとはまかせた」

「え、ちょっと待ってください。あっしに演説なんざできませんよ。人を騙すことなんざ、もっとできません」

「盗人がなにをいうておる。思いきって、自分の力をここで発揮しろ」

「そんな」

冗談じゃねぇ、と叫び続ける甚五の声を背中に聞きながら、左門は境内から外に出て、逃げていく男を追いかけていく。


「あれ、兄上ではありませんか」

白壁町から鍋町の通りに出たところで、喜多は走っている左門を見かけた。左門は喜多に気がつくと、叫んだ。

「いまは忙しい。あとにしろ」

それでも喜多は一緒になって駆けだした。

走り続けながら、

「なにやら演説をするのではなかったのですか」

「甚五にまかせたのだ。そうだ、弟を呼べ」

喜多が、はい、と答えると、あっという間に左門は離れていった。

「なんでしょうねぇ。あの急ぎっぷりは……それにしても、夢お告げの話はどうなったんでしょう」

甚五が演説をするらしいと聞いて、興味は残っていたが、

「右門さんに知らせなければ」

喜多はつぶやくと、九段下の南條道場に向かって駆けだそうとするが、

「少しでも早いほうがいいわね」

周囲を見まわすと、紺屋町の角で客待ちをしている駕籠かきを見つけた。

それに飛び乗ると、喜多は叫んだ。

「九段下の南條道場へお願いします。早駕籠のつもりでね。酒手ははずみますから」

「へへ、それはありがてぇ、おねぇさん。三味線なんざ抱えて粋ですねぇ。後棒よ、急ぐぜ」

「おう、まかせとけ」

駕籠は、鎌倉河岸に向かって走りだした。


そのころ、曲者を追っていた左門の足は、ぴたりと止まっていた。

「む、いなくなってしまったぞ」

喜多と会話を交わしている間に、男の姿は見えなくなっていたのである。

「喜多め、邪魔をしおって」

逆恨みの言葉を出した左門であったが、

「まあよいか。どうせあやつが向かうのは、佐賀町であろう」

そう考えると、気が楽になる。

「それにしても、あの百両包みはなんのまじないだ」

長助は二日続けて、百両の包みをつかんだことになる。

都合、二百両だ。

十両盗んだら死罪になるご時世に、それだけの金をただただ置いておく輩がいるだろうか。どう考えても、まっとうな金子とは思えない。

「わからん……」

——誰がなんの目的で、金を隠したのか。

その答えが知りたくて、長助が拾った百両の一件を、夢のお告げというでため話に作り替え、集会を開いた。

瓦版屋から話が広がれば、いずれなにかしら相手が動きを見せるだろう、と推量をしたのだが……。

「たしかにやってきたが、逃げられたのではしょうがないな」

苦笑しつつも、佐賀町に行けばなんらかの手がかりはつかめるだろう。

左門の足は、十軒店に向かっている。

佐賀町はそこから、日本橋に出て左に曲がり、小舟町、小網町を進めばいい。

長助がたどった道を、逆に進んでいるわけだ。

ところが……。

十軒店を越えて、日本橋、江戸橋を通りすぎたあたりで、左門は殺気を感じはじめていた。

「なんだ、これは……」

逃げたやつが待ち伏せでもしているのだろうか、と気配を探るが、

「やつからは、そこまでの殺気は感じなかった……」

ならば、なんだ、この恐ろしいほどの殺気は。

「く……景之進か」

まさかと思って、気を飛ばしてみた。

すると、それ以上の気が戻ってきたではないか。

「こんな邪悪な気配を飛ばすのは、景之進しか知らぬ……」

まるで真剣勝負をしているような殺気を感じながら、左門は湊橋まで進んだ。

背中は汗で濡れている。

「凄まじい……ここまで、やつは強くなったというのか」

右門が戦っても勝てぬのではないか。

師匠の夕剣でもいい勝負かもしれぬ、と左門はつぶやいた。

いつまでもこのままでは、気力がもたないと感じた左門は、

「出てこい……景之進」

永代橋の手前にある豊海(とよみ)橋の前で足を止めると、叫んだ。

気配に変化が起きた瞬間、左門は駆けだした。

豊海橋から少し進むと、船番所がある。その正面に、稲荷神社があるのだ。

そこまで走り抜けた。

途中まで気配はついてきたのだが、

「む……消えた」

突然、景之進の殺気が消えてしまったのである。

「景之進、姿を現せ」

もちろん返答はない。

あれだけの気を飛ばし、今度は気配を殺すとは、凄まじい腕である。

しかし腕前はあがっているが、心は荒んでいる……と左門は受け取った。

「勝てるとしたら、その闇を突くしかあるまいな」

だとしても、左門の腕では、せいぜい同士討ちだろう。

「景之進、姿を見せろ」

何度か呼びかけたが、それでも返答はなかった。

「消えた……」

知らぬ間に、その気配は露と消えていたのである。

「なんという強さ……」

左門の驚きは、恐怖へと変化していく……。

九

喜多から兄が呼んでいると聞いた右門は、おっとり刀で道場から外に飛びだした。

門弟たちの、どうしたんですか、という問いに、

「兄の難を助けます」

ひとこと叫ぶと、喜多にはありがとうと告げて、

「おい、駕籠屋。佐賀町へ」

「へい、また早駕籠もどきですかい」

「そうだ、早駕籠もどきだ。酒手ははずむ」

ありがてぇ、今日は客に恵まれたぜ、と駕籠かきふたりは笑いながら、

「さぁ、どうぞ」

垂れをあげて、右門を誘った。

喜多は、ご武運を、と丁寧にお辞儀を見せた。

その姿に、

「なんと美しいことよ」

つぶやいたのは、夕剣である。

「みなも、あの喜多さんのように、美しい姿で構えるのだ」

「師匠、喜多さんはおなごです」

若い門弟のひとりが笑うと、

「馬鹿者、姿勢の美しさに、男もおなごもあるものか。そんな了見では、明日の試合は負けが決定だ」

「そんな……たしかに、すみません。反省いたします」

そのやりとりは喜多にも聞こえ、苦笑いをするしかない。

夕剣は、さらに言葉を付け加えた。

「よいか、おまえたち。あの喜多さんの音曲の師匠は、天目さんだ。つまりは、その師匠も美しいということなのだ、わかるな」

はい、という門弟一同の返答に、夕剣は満足そうにうなずき続けている。

右門は、道場でそんな会話を交わされているとは知らない。もし、知っていたとしても、表情は変わらぬであろう。

駕籠は九段下から、長助が歩いた道をたどっている。

「佐賀町で、なにが起きているのであろうか」

駕籠に揺られながら、右門は思案する。

喜多から、左門が白壁町で集会を開くつもりらしいと聞いた。朝の会話を実行したのであろう。

それは、百両を隠したやつをあぶりだす策だとは、右門も気がついているのだが、

「うまくいかなかったのであろうか」

白壁町でなにが起きたのか、と気になるのである。

「いや、待てよ……」

兄とは双子である。したがって、兄の気持ちは、なんとなく感じとることができるのだ……。

と、いきなり衝撃が走った。

「なんだ……これは……」

凄まじい殺気を兄が受けている、と感じたのである。双子ならではの感覚であろう、としかいいようがない。

「兄上……」

斬りあいにまでなっているとは思えなかった。ただ、爆風とでもいえるような殺気の前に立たされている、といった感じであった。

「兄上……私がいま駆けつけますから」

目をつむっているだけで、右門の背中は汗にまみれている。

「景之進か……」

兄の思いが、そう告げていた。

剣術大会は、明日である。

景之進は、右門に邪剣を見せてから、一度も道場には顔を出していない。隠れて修行をしているとは妹の千代から聞いていたが、いつの間に、これほどまでの気を発することができるようになったのか。

——それも、邪剣のなかの邪剣……。

そうとしかいいようのない邪悪な気配を、右門は感じているのだった。

しかし、それもしばらくしてから消えてしまった。

「景之進は姿を見せずに、これだけの気を飛ばしていたのか」

明日、勝てるであろうか、と右門は不安になる。

「……いや、あのような邪剣に負けたのでは、夕剣師匠に申しわけが立たぬ」

ぐいと丹田に力を入れると、

「私は負けない」

腹から出た言葉には、勇気と確信が含まれていた。

やがて、駕籠が止まった。

佐賀町です、という声が聞こえ、垂れが跳ねられる。並んだ白い蔵の壁が目に入った。九段下とは、まるで異なる景色である。

「兄上はいずこに……」

駕籠からおりて周囲を見まわしていると、ぶらぶら歩いている兄の姿が見えた。

さきほどまで感じていた、あの凄まじい殺気にさらされたとは、まるで思えぬ様子である。その気分転換の速さは学ばねばならぬ、と右門はつぶやきながら、

「兄上、やってまいりました」

「ふむ、その額の汗は……おまえも受けたのか」

「はい、あの殺気……凄まじい気配を受けてしまいました」

「景之進め、いつの間にか、富士のお山を逆さまに見たくらい、強くなってしまったらしい」

「……例えがよくわかりませんが、そのようです」

「まぁ、よい。いまは、この佐賀町で起きた、不思議な百両の事件を解決せねばな」

「はい」

左門は、少し先の船着き場を指差して、

「あそこが、その発端になった場所だ」

といって歩きだした。

甚五は、冷や汗をかきながら、高台からおりてきた。

左門がまかせたといって姿を消してからというもの、会場は大騒ぎになっていたのである。

早くはじめろ、天草四郎の生まれ変わりを出せ、という声が、あちこちから飛び交い、

「おい、甚五。これでは収拾がつかぬぞ。なんとかしろ」

成二郎が、甚五に八つあたりをする。

「左門さんがいなくなったとは、どういうことなんだ」

「あっしにもわからねぇ」

「おめぇ、そんなことをいってるようじゃ、しょっぴいてやるぞ」

「ご無体な。とにかくこの場をおさめるために、あっしが夢のお告げについて話しますから」

「おう、盗人なら、そのくらいのでまかせは朝飯前だろうからな。しっかりやれよ。縄は用意しておくけどなぁ」

近頃の成二郎は、気弱さがすっかりと影をひそめている。それもこれも、左門の真似をはじめたからだ。

「旦那……いくらがんばっても、左門さんにはなれませんぜ。その威勢のよさは、やめておいたほうがいいと思いますがねぇ」

「なんだと……」

突然、自分の力量を思いだしたらしい。

肩をすぼめると、おめぇにはいわれたくねぇが、まぁいいや、と背中を丸めているのだった。

甚五は長助を呼んで、一緒に高台にあがれ、と連れだした。

そして……。

「みなの者……ここにおわすのが、四郎の生まれ変わり、夢お告げの達人、長助さまだ」

途端に、境内は鎮まった……。

それからというもの、甚五は自分がどんな内容の話をしたのか、まるで覚えていなかった。

とにかく辻褄を合わせようと、左門がいつも使っているような、でたらめと真実をごちゃ混ぜにして、話を終わらせたのである。

やっと終わった、と思った瞬間、境内はいままで以上に大騒ぎになっている。

「なんだ、どうした」

見ていると、集まった人々が、長助めがけて、蝉の死骸に集まる蟻のように殺到しているのだった。

「これでは死人が出るぞ」

おしくら饅頭などという、生易しい話ではなくなっていた。

みなが、長助から夢お告げを聞きたい、どうやったら聞けるのか、教えてくれ、と叫んでいる。

と、そのとき、涼やかな声が聞こえてきた。

「みなさん、落ち着いてください」

「喜多さん……」

境内の外から叫んでいたのは、三味線を抱えた喜多の姿である。となりには、夕剣と天目もいた。

「みなの衆、騒ぐでない。よいか、夢のお告げの恩恵を欲しくば、まずはおのれの心に問うのだ」

まるで、自分が預言者のような顔をして、夕剣が境内に進んでくる。となりを、喜多と天目が押さえている。

「こらぁ、教祖が側女ふたりを連れているようだぜ」

甚五はくすりと笑った。

教祖は鼻の下をのばして、女を侍らせているものだ、と左門はうそぶいていたが、案外と真実なのかもしれねぇ、と思いだす。

「よいか、みなの衆、ここに集まった善男善女は、おそらく悩みというものをそれぞれ抱いておるのであろう。いや、私もそれは同様である」

そういってから、一同を見まわした。

いまや大勢の目は、長助よりも夕剣に向いていた。

「よいか、お告げと睫毛は似ておる……いや、そうではない……お告げとは気づきである。自分に気づけというのが、お告げなのだ。困ったことが起きたら、自問せよ。いま、おのれにはなにが起きているのか、どうしてこんなつらい目に遭っているのか、お告げがなにか教えてくれているのではないか、とな」

しんと静まり返った境内は、しわぶきひとつ聞こえてこない。夕剣の言葉に聞き入っているのである。

「おのれに問い続けると、かならずや答えが出る。たとえば、痛みがあったとする。なぜ、そのような痛みが生まれたのか、とおのれに問う。すると……そうか、ずっと長い間、働いてきたから、少し休めとなにかが教えてくれているのだ、と気づくのだ。そして、痛みに感謝できるようになれるのだ」

それこそ本当のお告げだ、と夕剣は大声を張りあげた。

「誰かと喧嘩をしたとしよう。なぜ喧嘩をしたのか、お告げはなにを教えてくれているのか、自問せよ。喧嘩をすることで、相手の気持ちを汲み取ることができるのだ。そうだったのか、そのために喧嘩をしたのか。お告げに感謝だ。喧嘩した相手に感謝だ」

夕剣は言葉を区切って、息を吐く。

「いますぐ家に戻って、そばにいる人に感謝せよ。感謝は、お告げの第一歩なるぞ」

へへぇ……とは誰もいわなかったが、それまで大騒ぎしていた者たちは、すっきりした顔で、ぞろぞろと境内から帰りはじめたのである。

「夕剣さん……」

境内からひとけがなくなると、天目が涙を浮かべながら夕剣に近づいた。

「さきほどのお告げ話、最高でした」

「そうであるかな。いや、夢中であったぞ」

「ますます惚れ直しました」

「それは嬉しい」

お師匠さん、と声をかける喜多も、にこやかである。

しらけた顔をしているのは、甚五だった。

「なにが感謝だってぇ。剣客は詐欺師にちげぇなぁ」

そして、徳俵成二郎は、なんと大粒の涙を流しながら、

「おい、甚五。おまえに感謝しよう」

「……へぇ、それはありがてぇですけどね」

「いままで私の嫌みに付き合ってくれて、感謝だ」

「へへぇ」

なんだか、おかしな具合になってきたなぁ、と甚五は心でつぶやいてから、

「では、俵の旦那」

「なんだ、どうした。なんでもいってくれ」

「……左門さんが消えたのは……」

おそらく、偽の瓦版屋を追っていったのだ、と告げると、

「そいつは、どこに行ったんだ」

「さぁ、よくわからねぇですけどねぇ。たぶん左門さんは、とっかかりの場所にいるんじゃねぇかと思います」

「そうなのか、それは……」

「佐賀町です」

佐賀町の名が出たところで、長助が寄ってきた。

「この格好、もう脱いでいいですかい」

甚五は苦笑しながら、お良を呼んで脱がしてやってくれ、と頼んだのである。

十

左門と右門は、佐賀町の船着き場にいた。

昼の午の刻を過ぎたあたりである。職人や近所のお店者たちは中食をとっているのか、人通りが少なくなっている。

左門は、じっと川面を眺めながら、

「なにゆえ、こんな場所なのだ」

とつぶやいた。

「金子の隠し場所ですか」

「そうだ。金のやりとりなら、どこかで受け渡しをするだけでよいではないか」

「なにか、この場所でなければいけない理由があるんでしょうねぇ」

「おまえの帳面には、なにか示唆するようなことは書かれていないか」

調べてみましょう、と右門は捕物帳を取りだした。

ぱらぱらとめくっているうちに、手が止まった。

「これが関係しているかどうかはわかりませんが」

　そういって記述内容を左門に告げる。

「ここらあたりで、子どものかどわかしが頻発している、と」

「子どものかどわかしだと」

「そうですね、はっきり人さらいだとは結論づけてはいませんが」

「どんな風な話なのだ」

「噂話ですが」

　右門は語る。

「帳面には、かどわかしか神隠しか、と記してあります」

「なるほど、いずれにしても子どもがあちこちで、姿を消しているというのか」

「なにか佐賀町でおかしなことが起きている、とも書いてあります。成二郎さんから聞いた言葉を、そのまま書いたのだと覚えておりますが」

「ふむ」

　顎に手をあてて、左門は思案する。

「そういえば、以前もどこぞで、子どもがかどわかされたな」

「はい、伊勢友さんの事件ですね」

「あれは、今回とはかかわりがあるようには見えぬが、そのとき俵の大木が、子どものかどわかしが増えている、というような話をしていたな」

「そうですね」

「では、この佐賀町の百両は、子どもを売り飛ばすときの受渡し金だとしたらどうだ」

「話が飛躍しているように思えますが」

まだ、それについての証しはない、と右門は慎重である。

そのとき、後ろのほうで人の気配がした。

左門が振り返ると、

「あ、野郎」

白壁町の稲荷神社に来ていた男だった。後ろには、浪人らしき侍をふたり引き連れている。

だが、男の風貌や立ち振る舞いは、どうにも悪人には見えない。

「あらためて見てみると、どこかのお店者のようだな。それになんだ、後ろに控える、あのお粗末なふたりは」

じょじょに近づいてくる男と浪人たちを前に、左門は横の弟に問うた。

「用心棒に見えますが」

「それにしては弱そうではないか」

用心棒ならば、もっと腕が立つ者を連れてこい、と左門は笑う。

そうこうしているうちに、男は左門たちと対峙し、いきなり激昂した。

「約束はきちんと守れ」

「約束、とはなんだ」

「なんだと……やはり、口先だけの騙りであったのか」

いかにも悔しげに男が唸る。

「……旦那さまには、騙りかもしれないのでくれぐれも慎重に、と申しあげたのに……やはり、嘘だったとは」

「だから、なにをいわれているのか、さっぱりわからんぞ」

左門の言葉など耳に入らないかのように、男はきっと睨みつけてきた。

「であれば、お金は返していただきます」

なに、と左門と右門は顔を見あわせる。

「金とは、船着き場に隠されていた百両のことか」

「からかっているなら、容赦はせぬぞ」

後ろに控えていた浪人のひとり、髷のゆがんだ男が叫んだ。威勢とは裏腹に、腰はまったく据わっていない。

「だから、からかってなどはおらぬ」

「その顔がふざけておる。そのようにふたりで似せているのは、面でもかぶっておるのか」

「まさか……私たちは兄弟だからな。それも、双子である」

「ふん、双子の騙りか。よけいにたちが悪い」

「おいおい、とにかく、くわしい話を聞かせろ」

髷曲がりの浪人が、やかましい、と叫んで刀を抜いた。それに呼応して、もうひとりの浪人も抜刀する。こちらは、それなりの腕を持っているように見えた。

最初の浪人は、青眼から剣を立てて構え、右門に対峙した。

「やめておいたほうがいいですよ」

右門は刀も抜かずに前に出ると、

「えい」

気合を放った。

髷曲がりの足が止まった。もうひとりは怯(ひる)みながらも、

「この騙(かた)り野郎め」

ぐっと力をこめて、右門に飛びかかる。

必死の形相である。こんなときは手負いの猪のようで、たちが悪い。

右門は刀を抜かずに、すうっと数歩横っ飛びになると、相手を見据える。

「その構えは、示現流ですね。なるほど、必殺の覚悟には感心いたしました」

「うるさい。騙り侍め。そんなやつは、侍の風下にも置けぬ」

刀を立てた構えは、とんぼといわれる示現流の特徴だ。

しかし、右門の敵ではない。

どんな足さばきをしたのか、すすっと動くや、あっという間に浪人の前に立っていた。

右門の手刀が、浪人の腹に突き刺さった。

「本気ではありませんから」

うめきながら浪人はその場にしゃがみこみ、髷曲がりも道端に倒れこんでしまっている。

「おまえたちは何者なんです」

侍同士の戦いを見て、すっかりと腰を抜かしてしまったお店者風の男が、声を震わせながら問いかけてくる。

「それは、こちらの台詞です。あなたたちは、何者ですか。どうして、私たちを襲ったのですか。しっかりと話をお聞きしましょう」

浪人ふたりがあっさりと倒されたのを見たお店者は、へなへなとその場に座りこんでしまった。

左門が前に出てお店者の前にしゃがみ、話を聞こう、と語りかける。

それによると、船着き場の川面に金子百両を置いておけば、突然消えた子どもを連れてくるという約束だった、というのである。

「ある日、旦那さまのところに文が届きまして……」

そこに、場所や費用が書かれていたというのであった。

たしかに、金を払えば、さらった子どもを返してくれる一団がある、という噂はあった。店の旦那はその噂話にすがり、百両を用立てたのである。

「ですが、私はどうもその噂話が信用できませんでした。現に、夢のお告げによって船着き場で百両を拾った、などという怪しげな輩は出てきますし……受け渡し場所の船着き場を見張っていれば、どんな連中がやってくるか確かめられるかもしれない、と思ったのです」

「なるほど……これは本格的に、かどわかし集団がいると考えねばならぬな」

左門の言葉に、さっそく成二郎に伝えましょう、と右門もうなずいたのであった。

翌日のこと。

とうとう、名取審査の日になった。

そして、その日は剣術大会の日でもある。

名取の審査と剣術大会は、はじまりの刻限がずれているため、どちらも見にいくことができる、と喜ぶ観客たちもいた。

南條道場の稽古場は、普段とはまったく異なって、華やかに変化していた。天目の弟子と夕剣の門弟たちが、名取の審査にあわせて、飾り立てていたからである。

審査を見ようと、観客がぐるりと道場を囲んでいた。天目の弟子たちだけではなく、近隣の長屋などからも、大勢の人が集まっている。

なかに入れぬ者たちは、なんとか喜多の三味線と声だけでも聞こうと、外で立ち聞きをしている。

窓の隙間からのぞく男たちは、こぞって喜多を褒め尽くした。

「どうだい、あの喜多さんの艶やかさは」

「あぁ、江戸一、いや日ノ本一、いや、それ以上だ。天竺一かもしれねぇな」

きらきらと光り輝く簪。御所染めといわれる淡桃色の小袖に、山葵色の羽織を着た姿は、まさに、

「あれこそ、菩薩さまだぜ」

という声が流れるほどである。

審査がはじまると、会場は静まり返った。

喜多の声と三味線にあわせるがごとく、外から鳥の鳴き声が、ちちち、と聞こえてくる。

会場は、すべて喜多のためにあった。

そして、喜多の芸の披露が終わると、一瞬、しんとなってから、会場は大きな歓声に包まれたのである。

そのなかに、ひときわ異質な客がいた。

宗十郎頭巾（そうじゅうろうずきん）に錆利休（さびりきゅう）の羽織姿は、町で見かける侍とは一線を画している。

演奏を終えた喜多がふっと力を抜いたとき、その侍の姿が目に入った。

「あれは……」

父上……という声を飲みこんだ。

まさか、と目を疑ったからだ。

しかし、あのうつむき加減の面立ちは、頭巾をかぶっていてもわかる。父の春川久友に間違いない。

父は、喜多が三味線を習いたいといいだしたときには、顔を真っ赤にして反対していたのだった。武家の娘が、町人の好む三味線を習うとは何事か、と喜多の話を聞こうとはしなかった。

だけど、母である彩(あや)の方が、なんとか説き伏せてくれたのである。といってももちろん、諸手をあげて賛成してくれたわけではない。武家の娘なら琴を習ってほしい、というのが本音であったろう。

「その父上が、私の名取審査に……」

そばに行こうとしたとき、右門が寄ってきた。

足を止めた瞬間、父の姿は道場から消えていた。

喜多は、父が消えた方向へ深々と頭をさげた。

「おや、喜多さん、どうしました。涙が」

「はい、緊張しすぎて安堵したからでしょう」

「そうですか」

右門は優しく喜多の手を包んだ。

「よい出来でしたね」

「はい、お師匠さんから、心の力を抜けと教わりました」

「なるほど、心の力を抜く……いい言葉です」

はい、とうなずいて窓に目を向けると、

「あれは左門さん……」

「兄上は、なかには入りたくないと申して、あそこから見ていたようです」

「おかしな人ですねぇ」

「まるで自分が審査されるようで、落ち着かないからだ、と申していましたよ」

そうですか、ともう一度、窓に目を向けて、喜多は驚愕する。

なんと、左門のとなりには、父が立っているではないか。ふたりは談笑しながら、喜多を見つめているのだ。

その瞬間、喜多の目からは、大粒の涙がこぼれ落ちていた。

十一

開始の刻が近づいている。

剣術大会が開かれる空き地には、赤白の段幕が引かれ、ぐるりと場所を取り囲んでいた。

幸い、ここのところ雨はなく、地面も乾いている。剣術大会には申し分のない天気であった。

右門は白鉢巻に赤襷姿で、会場に入った。

しかし、左門の姿はない。

南條道場の窓から喜多の審査をのぞいていたところまでは気がついていたが、その後、姿を消してしまっていた。

「兄のことだから、ぎりぎりになったら来るのかな」

右門はひとりごちて、会場の脇で戦い前の素振りをはじめた。

永山景之進の姿も、まだ見えていない。

試合まではあと半刻近くあるから、門弟たちも全員集まっているわけではないのだ。

それにしても、と右門は佐賀町での出来事を思いだす。

「江戸には、子どもの売買をしている凶悪な一団があるのか……」

どうやら、佐賀町の船着き場が、金銭のやりとりをおこなう場所だったらしい。

どうしてそんな場所が選ばれていたのか。

そこはまだ謎のままである。

捕物帳に、謎の空きが生まれてしまった。

「そのうち、埋めねばならぬ」

決意をみなぎらせながら剣を振っていると、夕剣の姿が見えた。天目も一緒にいる。

ふふっ、と思わず笑みを浮かべてから、素振りを再開した。

そのころ、左門は甚五の長屋にいた。

佐賀町で聞いた話を伝えていたのである。

「おまえのことだ、子どもの売買をおこなう人さらい集団に関して、独自に探っていないのか」

「はて、なんですか。その話は」

「ふん、とぼけなくてもよい。だが、今日はそんな話をしにきたのではない」

長助はどうしているか見にきたのだ、と左門はいった。

「なんだかあれ以来、ふたりの間には寒風が吹いているようです」

「そうであろうなぁ。女房に裏切られたのだから、長助としてはたまらぬであろうよ」

「へぇ」

よし行ってみよう、と左門は立ちあがる。

長助は、ごろりと寝転んでいた。仕事にも行かずに、毎日ごろごろしているらしい。

一度は、大金を手にしたのだ、それを失って、気力が萎えた気持ちもわからないではないが、左門は長助に、起きろ、しっかりしろ、と気合いを入れる。

「へぇ、しかし、なんだか世の中がいやになってしまいました」

「馬鹿者め。そんなことでどうする」

お良が、部屋の隅で小さくなっている。

「お良さん、こっちへ。私はお良さんの言葉を代弁できると思うからな」

「え……」

「おまえは、本当は裏切るつもりではなかったはずだ。それどころか亭主に、気づいてもらいたかったのであろう」

「………」

「やい、長助。おめぇさんは、仕事もせず酒ばかり喰らいやがって、なんてぇ亭主なんだ」

突然、伝法になった左門に、みな目を丸くするが、かまわず左門は続けた。

「いいか、そんな根性だから、女房の本当の気持ちがわかっていねぇんだよ」

「本当の気持ちとは……」

長助が、恐るおそる問いかけた。

「わからねぇかい、馬鹿め。いいか、お良さんが金を隠したのは、おめぇがそんな金を持ってしまうと、また仕事から離れてしまうと考えたからだ」

「へぇ……」

「だから、みな夢にしてしまえば、真面目に働くようになるだろう、とおめぇのためを思って、あんな嘘をついたんじゃねぇかい」

「ははぁ」

「そんな間抜けな面をしているんじゃねぇよ。お良さんだってなぁ、猫ばばしてやろうと一度は考えたはずだ」

そういって、左門はお良に目を向ける。

「だがなぁ、人には良心てぇものがある。それに、お良さんは目覚めたんだ。わかるか」

長助はお良を見つめて、そうなのか、と目で問うが、お良はうつむいたままである。

「それなのになんだ、毎日ごろごろしているそうではないか」

と、お良がにじり寄り、長助に抱きついた。

「あんた、ごめんよ。本当は猫ばばしようと思ったんだ。だけど、あんたがあんな格好をして、笑いものになっていて気がついたんだよ。この人は馬鹿だけど、いい人だって」

「お良……」

「だから、だから、許しておくれよ」

「あ、あぁ、いい、それでいい。おめぇが猫ばばして、おれから離れたくなるのも当然だ。いいんだ。おれが悪かったんだ」

「許す、許すよ、許すぜ……これからもずっと一緒だぜ。おれは明日から真面目に働くぜ」

「あんた、許して」

ふたりは、泣きながら抱きあっている。

「これでよし」

左門は立ちあがると、複雑な顔をした甚五と外に出た。

「あんな話の落ちでよかったんですかい」

腑に落ちなさそうな甚五に、左門は笑いながら答える。

「なに、何事も雨降って地固まるだ」

そんなことよりな、と左門は甚五に視線を向けた。

「今度は、おまえの正体を聞くときが来たようだ」

「はて、なんですかねぇ」

「……まぁ、それもいいか。とりあえず、私は試合会場に行くぞ」

「ぜひ、一番になってください」

「それは無理だな。弟がいるからなぁ」

「いやいや、本当は左門さんが一番ですよ。そのことは、自分でもわかっているはずです。それをなぜか知らねぇが、右門さんに譲っている。あっしは盗人ですが、目は節穴じゃありませんぜ」

「………」

「それを、右門さんも知っていながら、知らぬふり。おかしなご兄弟だ」

「兄弟は共振するのだよ」

にやりとした左門の言葉に、甚五は、なんのことかわからねぇ、と首を振るだけであった。

試合の刻限になった……。

右門は、きりりとした顔つきで、持ち場に座る。

夕剣は、正面に備えられた床几に座り、居並んだ門弟たちを見つめて、

「よいか、みな正々堂々と戦うのだ。日頃の鍛錬の成果を存分に見せよ」

はい、という声が響き渡る。

名取審査とは異なり、会場に客は招待されていない。客がいると気が散ると、門弟たちの声を反映させているのだ。

「本来なら、そのようなことで気が散るようではいかぬのだが」

夕剣はそう考えたが、景之進の件もあり、今回は安全を期したのである。

したがって、天目も喜多も、試合を見ることはできずにいるのだった。

ふむ、とうなずいた夕剣は、鉄扇を前に突きだして、

「はじめ」

と掛け声をあげた。

その声を合図に、どん、どん、と誰が叩くのか、太鼓が響く。

一番試合に出場する門弟ふたりが中央に進み出たとき、段幕の隅が持ちあげられた。

「誰だ、こんな刻限に遅刻してきたのは」

夕剣が叫んだ。

のそりと入ってきた顔を見て、全員が息を呑む。

その者は、頭をつるつるに剃りあげ、髭ぼうぼうという異様なたたずまいを見せている。

段幕を背に立ち止まった男を見つめた右門は、膝に乗せていた拳を握りしめながら、つぶやいた。

「永山景之進……」

十二

夕剣は、突きだした鉄扇をそのままに、眉をひそめる。それ以外の表情はできない、とでもいいたそうであった。

右門は立ちあがると、景之進に近づく。

「待っていた」

「負け試合を待つとは、殊勝な心がけ」

「おまえが勝つと思ってるのか……」

右門の言葉に、景之進は鸚鵡返しをする。

「おまえこそ、勝つと思っているのか……」

門弟たちは固唾を呑んでふたりの会話を聞いていた。三羽烏のふたりが試合前に、言葉の鍔迫りあいをしているのだ。

「ふたりともやめぬか」

夕剣が立ちあがり、席につけ、と命じた。

言葉もなく景之進は座ると、右門もそれにならった。

そこから、何事もなかったように、試合は進む。

その場に、左門の姿はない。

だが、門弟たちはひとりとして、左門について語る者はいない。景之進の登場に、全員の気持ちはそちらに向いているからだった。

順調に試合は進んでいく。

使用されているのは木剣だが、景之進は、相手を一撃のもとに倒していた。なかには、肩の骨を折られるもの、胸を突かれて倒れる者、手首を砕かれる者など、怪我人が続出した。

それに反して、右門は一瞬の間だけで追いつめる、僅差の勝利である。

試合相手に対する敬愛の念が、そんな差として出ているに違いない。

「姑息な……」

景之進は、右門の態度に反吐が出るとでもいいたそうな顔つきで見つめている。

そして――。

ふたりが対峙したのは、決勝ではなかった。

景之進は、途中からの参加扱いとされたからである。初めから出場したのであれば、決勝で右門とあたるはずであったが、途中で入りこんできたため、ふたりは決勝前の一戦でぶつかることとなった。

右門は鉢巻を縛り直してから、立ちあがった。

景之進は、つるつるに剃った頭をくるりと撫でた。

「む……」

その仕草に、夕剣は気持ち悪さを感じた。

「いまの仕草はなんだ……」

頭を撫でるだけなら気にはならなかったであろうが、そのあと、景之進は手を口元に運んだのである。

「頭の汗を舐めたのか」

気持ちの悪いやつだ、と夕剣は心のうちでつぶやく。

これまでの戦いでは、乱暴ではあったものの、邪剣という印象はなかった。もっとも、早乙女兄弟以外は、景之進の敵ではない。

いまになって夕剣は、左門の欠席を恨んだ。

「あの馬鹿者め」

景之進の邪剣に勝つとしたら、右門ではなく左門であろう。

――右門の剣は素直すぎる。邪剣を制するには、鬼剣でなければならぬ。左門には、隠れた力がある。もっとも、本人にはその自覚がないであろうが……。

とうとう、右門と景之進の試合がはじまった。

景之進は試合開始と同時に一度、青眼に構え、じょじょに上段へと構えを変えた。さらに、手はあげたまま、剣先だけが右門の顔面へとさがりはじめる。

あれは……。

夕剣は、景之進が道場で使ったおかしな動きを思いだしている。

「あの剣に磨きをかけたのか」

目を凝らしていると、その構えに対抗するためか、右門は剣先をだらりと地面に向けた。

「あそこから、摺りあげるつもりだな」

地摺りから、逆袈裟へと剣を巻きこむつもりであろう。

その予測に間違いはなかった。

ふたりが同時に動いた。

右門は摺りあげ、景之進は剣先を一回転させた。

袈裟斬りと逆袈裟斬りがすれ違った。

空中で入れ変わったふたりが地面に立つと、両者の額からは汗が吹き出ている。

それだけ、鋭さがこめられていたのであった。

景之進は、もう一度、同じ構えに入った。邪悪な構えを、何度でも続けるつもりらしい。

右門も同じように、地摺りに構える。ふたりの意地を感じた夕剣は、そこでまた、気持ち悪さを感じた。

――おかしい……景之進は、なにかよからぬことを考えておる。

試合の中止を叫ぼうとした瞬間、

「きえぃ」

景之進が飛んだ。

右門も同じように飛んだ。

「いかん、あれは景之進の誘いだ」

思わず叫んだ夕剣の声は、景之進の怪鳥のような叫びにかき消された。

さきほどと同じように空中で入れ違った瞬間、今度は前とは異なり、右門の姿勢が崩れたのである。

「む……これは」

目を押さえた右門は、まぶたから血を流している。

「しまった、含み針か」

景之進が頭を撫でたあと、口元へと手を運んだのは、針を見せぬためであったらしい。

夕剣の驚きは同時に、右門の敗北を意味していた。倒れた右門に覆いかぶさるように、景之進の木剣がおりてくる。

右門は転がりながら、逃げまわる。

「そこまで、やめるのだ」

夕剣の叫びはかき消され、景之進の剣は、右門の肩に力のかぎり叩きこんでいた。

それも、一度や二度ではない。

三度、四度、五度……。

あわてた門弟たちが、右門の身体に覆いかぶさり、そこから連れだした。覆いかぶさった門弟たちは頭が割れ、口から血を吐いている。

景之進は騒然となっているまわりを見まわすと、大笑いしながら、

「これで、喜多はわたしのものだ」

ひとことわめいて、会場から姿を消した。

「喜多さんが危ない」

夕剣はすぐさま、左門を探させようとする。

「いまの顚末を、左門に伝えろ」

「兄はおそらく小柳町、甚五のところ」

右門が顔面血だらけでつぶやくと、そのまま気を失ってしまった。

すでに、空は暗くなっている。

闇のなかに消えた景之進は、どこに逃げたのか……。

夕剣は、天目と喜多が一緒にいるはずだと考え、左門への伝達のほかに、門弟たちを、喜多を探す者と景之進を探す者のふた手に分けて送りだした。

小柳町に走った門弟は、甚五の長屋でごろ寝をしている左門を見つける。

門弟が、あわてながらも大会の詳細を語ると、左門は飛び起きた。

「右門が針で目を攻められただと」

景之進の居場所を尋ねると、いまみんなで探している、と答える。

「では、とにかく喜多姫たちを探せ」

教えにきた門弟に、ほかの門弟と合流しろと命じると、なんと左門は、ふたたびごろりと横になってしまったではないか。

「左門さん、敵を討ってください」

「そんな無駄な真似はしないたちだ。だいたい、景之進の腕は、私よりだいぶ上だからな」

「そんな……兄弟ではありませんか」

「私は知らぬ。いいから、まずは女たちを助けてやれ」

門弟は、なんだあの兄は、腰抜け、などと吐き捨てながら戻っていく。

しばらく思案していた左門は、甚五に向かって、天目さんと喜多を頼むといい置き、長屋から出ようとする。

どこへ、という声を背中に、左門は長屋から出た瞬間、鍋町の通りを俎板橋に向けて駆け抜けた。

「おそらく、あそこだ……」

自分ならどうするか、と考えた末の結論だった。

飯田町の中坂をのぼり、田安稲荷の境内に飛びこんだ。

「景之進、いるか」

ひっそりとした境内に、左門の声が響いた。

「おまえは、ここで邪剣を磨き、さらには、卑怯な含み針の策まで編みだした。信心深いとは思わぬが、人殺しは原点に戻る。騒ぎを起こしたおまえが戻るとしたら、ここだ」

「……待っていた。おまえなら気がつくと思っていたぞ」

暗がりから、のそりと姿を見せたのは、果たして永山景之進であった。

「邪剣とはいえ、どんな新しい剣を編みだすか、ひそかに期待していたが……含み針とは卑怯千万。南條道場の名を辱めるな」

「やかましい」

景之進の叫びとともに両者は抜刀し、左門は青眼に構える。

──弟よ、力を貸してくれ。

目を閉じた左門は、心でつぶやいた。

弟の声が聞こえたような気がした。その言葉は、

──鬼。

であった。

「馬鹿兄弟め。おれがまとめて始末してくれる」

景之進が声をあげたそのとき、鳥居のそばに影が浮かんだ。

甚五である。天目と喜多は門弟たちが道場に送り届けたと途中で聞きつけ、左門たちはここではないか、と探しにきたのである。

「あの構えは……」

周囲は闇ではあるが、境内には数個の提灯が飾られている。その明かりのなかに浮かびあがった左門の構えは、なんとも異様であった。

青眼から、左、右と斜め上下に移動を繰り返しているのである。それはまるで、鬼の角を現しているようであった。

「あの気合い……恐ろしいほどだ」

思わず、甚五はつぶやいていた。

景之進は、上段の構えから剣先だけを落としはじめる。

左門は、斜め左右上下に移動させる。

普通ならば、そのような動きは邪道であろう。

――『邪剣』対『鬼の剣』……。

甚五は、そう感じた。

先に景之進が動いた。左門はぎりぎりまで動かず、景之進の剣先がおのれの目をめがけ突いてくるその瞬間を逃さずに、

「弟の敵、思い知れ」

叫びとも呻きとも、どちらともとれるような不思議な声音であった。

その瞬間、なにが起きたのか、甚五には見破ることはできなかった。左門の剣筋には、なにかが乗り移ったようであった。

「右門さんの素直さと、左門さんの悪戯心が合体したようだ」

勝負はすでに終わっていた。

どうやら、景之進は両目を斬られているようであった。

「左目は右門の分、右目は私の恨みだ」

「殺せ」

「いや、生かしておく。生き地獄を思い知れ。運がよければ、目は治るであろう。だが、剣術を続けるまでには戻らぬであろうな」

剣術において、目は大事である。

「江戸から離れろ。もしどこかでその面を見たら、今度はかまわず殺す」

「…………」

手を地面につきながら、景之進は声もなく震えているだけであった。

永山景之進が、板橋の宿から中山道に向かい、ふらふらと歩いているところを見たという噂が、早乙女兄弟と喜多たちの耳に入ったのは、それから数日あとのことだった。

その傷ついた姿からは、大会のときの凶暴な雰囲気は、微塵も感じられなかったそうである。

「あれは、誰かに痛烈に負けたような、無様な姿でした……」

目撃した門弟は、そう不思議がっていたという。

右門の目は、まだ治らずにいる。肩の骨も折れたままだった。

怪我の弟を前にしても、へらへらしている左門を見て、喜多は憤慨していた。

「左門さん、あなたは、戦いたくない、といって逃げたそうですね」

「もちろんだ。邪剣と打ちあえるほど、私は強靭ではないからのぉ。だから、試合にも出なかったというわけだよ」

「まったく……今後、兄上とは呼びませんから」

「それも、しかたあるまいなぁ」

ふふと、笑みを浮かべる左門を見ながら、喜多は首を傾げる。

「でも……もし、景之進さんが負かされたというのが本当なら、いったい、相手はどこの誰なのでしょう」

　左門でなければ、互角以上に戦えるのは、師匠の夕剣しか思いつかなかった。

だが、夕剣は景之進を追ってはいない。あれこれと、事後の始末をしていたのである。

　喜多の知らぬどこぞの剣客が、たまたま景之進を倒したとでもいうのだろうか……。

「兄上……私は負けました」

　右門が、片目をつむりながらいった。

「気にするな。ふたりが合体していれば、勝てたに違いない」

　その言葉に、右門はなにかを感じとったのであろう、

「……やはり、兄上が一番ですね」

「一番も二番もあるまい、私とおまえは共振するのだからのぉ」

　その言葉の意味がわかりません、と喜多はいいながら、

「兄上がそばにいると、右門さんの顔色がよくなりますね」

「……おう、まだ兄上と呼んでくれるのか、ありがたや、ありがたや」

　三人の笑いが、早乙女家の屋敷から裏神保小路に響き渡る。

そして……。

そのころ甚五は、佐賀町にいた。船着き場で水面を見つめながら、ささやいているのである。

「ここが、起点となっていたのか……」

なにゆえ、甚五はまたここを訪れたのか。秘する理由があるのだろうか。

甚五は身体を川面に突っこみ、なにかを探っている。

そしてその背中を、剣呑な目で見つめる男がいるという事実に、甚五はまだ気がついていなかった。

コスミック・時代文庫

若さま左門捕物帳（わかさまさもんとりものちょう）

鬼の剣

2023年2月25日　初版発行

【著者】
聖　龍人（ひじり りゅうと）

【発行者】
相澤　晃

【発 行】
株式会社コスミック出版
〒154-0002 東京都世田谷区下馬 6-15-4
代表　TEL.03(5432)7081
営業　TEL.03(5432)7084
FAX.03(5432)7088
編集　TEL.03(5432)7086
FAX.03(5432)7090

【ホームページ】
http://www.cosmicpub.com/

【振替口座】
00110-8-611382

【印刷／製本】
中央精版印刷株式会社

乱丁・落丁本は、小社へ直接お送り下さい。郵送料小社負担にて
お取り替え致します。定価はカバーに表示してあります。

ISBN978-4-7747-6452-8 C0193